LE TRÉSOR DE L'ÎLE SANS NOM

GILLES ABIER

Poulpe Fictions, un département d'Édi8,
12, avenue d'Italie, 75013 Paris - www.poulpe-fictions.fr

Conception graphique : Manon Bucciarelli
Maquette : Jérôme Wawrzyniak
Corrections : Caroline Guineton
À Lola, poulpe avant le poulpe, dont les chatouilles nous manquent.

Loi n° 49-956 du 16 juillet 1949 sur les publications destinées à la jeunesse,
modifiée par la loi n° 2011-525 du 17 mai 2011.
ISBN : 978-2-3774-2037-7 - Dépôt légal : mai 2018.
Imprimé en Espagne

Le Trésor de l'île sans nom

GILLES ABIER

Illustrations : Mini Ludvin

poulpe FICTIONS

À E.C.B., passionnément pirate.

Prologue

Il existe une île, perdue au milieu de l'océan, qui ne porte pas de nom.

Une île qui n'apparaît sur aucune carte.

De loin, on peut apercevoir, au centre de cette île sans nom, un volcan. Tutoyant les nuages, il est éteint depuis de nombreuses années.

Si on s'approche à quelques encablures de ce cratère imposant, on peut repérer en contrebas une demi-douzaine d'épaves de bateaux échoués. Certaines sont complètement retournées, la quille vers le ciel. Forcément le résultat de tempêtes tumultueuses, pense-t-on aussitôt à la vue de ce cimetière de bateaux. Pourtant, ces épaves ne sont pas là par hasard. Elles ont été renflouées, remorquées, renversées. Volontairement. Par des pirates. Précisément. Car cette île sans nom abrite un trésor, leur inestimable trésor, caché au cœur du volcan. Un amoncellement de pièces d'or et de pierres précieuses, de sculptures antiques et de meubles cossus, sur lequel veille Vieux-Boucan, un homme futé, dans la force de l'âge, qui aime la poudre et les grillades.

Dès qu'un navire s'annonce au loin, l'un des trois chats qui surveillent l'horizon à tour de rôle, perchés sur un tronc mort ancré au sommet du cratère, miaule de toutes ses forces dans un énorme porte-voix. Aussitôt alerté par ce cri retentissant, le gardien du trésor ravive un feu gigantesque et allume une série de fusées lumineuses, qui font croire au capitaine approchant que le volcan est en activité, voire au bord de l'éruption.

Et, toujours, par crainte de projections dévastatrices, le navire en vue dévie sa course...

Chapitre I

– Alors, comment tu la trouves ?

Morbleue est tournée vers Flibuste. Habillée de l'uniforme scolaire réglementaire (jupe bleu marine, chemise blanche et blazer gris), la fille, qui a soufflé douze bougies le mois dernier, porte également un tricorne noir à longue plume rouge sur la tête. Mais ce n'est pas au sujet de cette plume nouvellement plantée sur son chapeau qu'elle interroge le garçon qui, comme elle et quatre autres enfants, loge dans cette épave qu'on appelle *le Gîte* et où un dortoir commun leur a été aménagé. Non, Morbleue se renseigne sur la moustache qu'elle vient de se dessiner sur le visage, comme tous les matins, au crayon gras, avant d'aller prendre son petit déjeuner à *la Cambuse*, une caravelle flamande qui leur sert de cantine.

Flibuste, un garçon de onze ans, le nez en trompette et les cheveux mi-longs noués en catogan sur le haut du crâne, tient une miniature entre les mains. La peinture représente le portrait d'un pirate largement moustachu, à la figure effrayante. Le père de Morbleue.

– On lui a marché sur le pied pendant qu'on le peignait pour qu'il ouvre grand la bouche comme ça ? demande le garçon au regard noisette, visiblement plus impressionné par les yeux injectés de sang de l'homme hurlant, que par son épaisse moustache retroussée.

– Vise un peu les cheveux, on dirait des nouilles !

Cette remarque désagréable, prononcée d'une voix nasillarde, provient de Cacatois, un perroquet discourtois qui se tient sur l'épaule droite de Flibuste. On tolère sa vulgarité, on accepte sa goujaterie, on ignore même sa mauvaise foi, parce que s'il n'avait pas eu le bec à cinq centimètres de l'oreille de Flibuste, il est à parier que le garçon distrait aurait déjà fini au fond d'un trou qu'il n'aurait pas vu, le nez aplati contre un mur qu'il n'aurait pas su éviter ou sous un rocher qu'il n'aurait pas entendu dévaler, Cacatois le rappelant sans cesse à la réalité.

– Non, pas du tout, répond Morbleue à Flibuste, mon père a pris la pose qu'il a voulue. Avec l'intention de laisser dans la mémoire de ses ennemis une image terrifiante. Qu'ils soient morts de trouille avant même le début du combat. Tu sais bien que la règle numéro un d'un pirate est de glacer le sang rien qu'à l'évocation de son nom. Regarde ta mère ! Tout le monde l'appelle La Torgnole, alors que c'est une femme douce et calme.

– Oui, enfin, chaque fois que je lui demande de m'emmener en expédition avec elle, elle s'agace.

– Comme tous nos parents. Tu ne fais pas exception, affirme Morbleue.

En effet, si cette île sans nom est si chère aux yeux des pirates, c'est parce qu'elle cache leur trésor mais aussi, et surtout, leurs enfants. Les plus grands mercenaires des flots se sont un jour mis d'accord pour regrouper au même endroit leur progéniture. D'une part, pour les protéger de la vie dangereuse qu'ils mènent au quotidien – une vie soumise à la colère du ciel, au déchaînement de l'océan, à la radicalité du canon – mais également pour leur inculquer les bonnes manières. Il est hors de question, pour ces brigands des mers, que leurs enfants embrassent la même profession qu'eux. Riches d'un trésor dont ils hériteront, leurs rejetons doivent pouvoir fréquenter la cour de rois, converser avec des sultans, chasser en compagnie de maharajas. Bref, intégrer pleinement la haute société.

Mais Morbleue, Flibuste et les quatre autres enfants de l'île sans nom voient les choses autrement. En total désaccord avec la vie qu'on leur destine, ils se moquent de savoir nouer une lavallière. Ils veulent agir comme leurs parents, le cheveu au vent, la lame pointée droit devant, à détrousser les navires de sa Royale Majesté d'Angleterre, à racketter les familles de la noblesse française en leur échangeant des otages contre des coffres de bijoux, des barils de poudre ou des tonneaux d'armagnac. Qu'importe de danser parfaitement le menuet, recharger un mousqueton en moins d'une minute est autrement plus utile. Former un nœud coulant d'une main est plus pratique que de citer en latin le nom d'un dieu grec.

Mais il n'y a rien à faire. Chaque fois que l'un d'entre eux demande à son père ou à sa mère d'embarquer en sa compagnie, le refus est catégorique. La mise en garde est définitive : « Je veux une vie meilleure pour toi ! Une vie à terre. »

Alors, les Coquins, comme on appelle les enfants de pirates, ne désirent qu'une chose : construire eux-mêmes un bateau et partir en expédition. Histoire de montrer à leurs parents ce dont ils sont capables...

– Alors, ma moustache ?

Flibuste, qui ne comprend pas pourquoi Morbleue s'en dessine une tous les matins, pose la miniature sur son lit, saisit le crayon gras de son amie, et rééquilibre délicatement la moustache en l'allongeant d'un côté.

Puis il recule et admire son œuvre.

– Parfait. Tu es la digne fille de ton père.

Et, soudain, il comprend. Voilà pourquoi Morbleue se trace une moustache. Pour avoir son père plus près d'elle, lui qui, comme les autres parents, ne visite l'île sans nom que trois ou quatre fois l'an, sans jamais s'attarder plus de deux semaines. Comme Flibuste, Morbleue doit sûrement se sentir seule par moments. Même si cette Coquine au teint de porcelaine, aux yeux foncés étirés en amande, aux cheveux longs, noirs et fins, tressés dans le dos, ne l'admettra jamais. On ne montre pas ses émotions quand on est enfant de pirates. Ce n'est pas dans les habitudes. On doit maîtriser ses sentiments, être d'un calme imperturbable, en toutes circonstances...

– Arrête de bouger ! s'énerve Bâbord depuis son lit, à l'autre bout de la pièce.

– Alors arrête de serrer trop fort ! s'agace Tribord.

– Tu veux que ça tienne ou pas ? insiste Bâbord.

Bâbord et Tribord sont frères jumeaux depuis onze ans et il est très difficile de les différencier. Surtout

quand ils portent tous les deux le même uniforme (les garçons arborant une culotte courte à la place de la jupe) ! C'est grâce à cette confondante ressemblance, et au besoin de les distinguer l'un de l'autre, que tous les enfants ont enfin eu le droit d'agrémenter leur uniforme d'un accessoire de leur choix. C'était une demande qu'ils formulaient depuis un moment au vu de leur uniforme qu'ils trouvaient un peu triste. Si Morbleue a opté pour un tricorne à plume et Flibuste pour un perroquet mal élevé, Bâbord se noue désormais un bandeau autour de la tête, tandis que Tribord s'est amouraché d'un cache œil que son frère est en train d'ajuster pour lui.

– Les Coquins, votre attention, s'il vous plaît ! J'ai une annonce importante à vous faire.

Comme souvent, aucun des Coquins n'a entendu Damoiselle Frégate arriver. Aucun d'entre eux ne l'avait même repérée en train de les observer sur le pas de la porte du *Gîte*. Depuis combien de temps est-elle là ? Nul ne le sait. Leur préceptrice, d'une trentaine d'années, est d'une discrétion machiavélique. Elle se déplace sans bruit. Elle parle bas. Et elle se trouve chaque fois là où on ne l'attend pas.

– Jolie robe aujourd'hui, Damoiselle. Comme tous les jours en vérité.

Le compliment, sincère, a été prononcé par Cacatois. Cet « oiseau de malheur », comme l'appelle Morbleue, ne peut s'empêcher, dès qu'il voit Damoiselle Frégate, toujours de blanc vêtue, de la flatter. Elle est la seule sur l'île à qui le volatile volubile s'adresse poliment, gentiment, tendrement... Tout le monde sait qu'il en est amoureux et qu'il rêve de pouvoir un jour se tenir sur son épaule, son bec frais contre son cou délicat, à lui susurrer des mots doux à l'oreille. Il ne s'en cache pas. Il le dit, d'ailleurs. À Flibuste, de façon répétée : « Elle sent forcément meilleur que toi, en plus ! Et le vert-jaune de mes plumes rehausserait le châtain de sa chevelure. » Mais c'est peine perdue, car Damoiselle Frégate n'autorisera jamais Cacatois à se poser sur elle. Elle craint plus que tout de se salir. Alliant la dentelle à la soie, l'organza au taffetas, la préceptrice des Coquins n'a qu'une faiblesse, dont les enfants abusent fréquemment : il lui est impossible de porter un habit taché. Dès qu'elle repère la moindre salissure, elle cesse toute activité et part immédiatement se changer.

Après un sourire aimable au perroquet coloré, Damoiselle Frégate s'avance au milieu de la pièce.

– Où est Fantine ?

– Elle est...

Cayenne, dix ans, n'a pas le temps de terminer sa phrase que Tribord, qui se tient à deux mètres d'elle, se met à hurler dans sa direction :

– Aïe ! Pourquoi tu m'as marché sur le pied ?

Morbleue profite du fait que Damoiselle Frégate fixe Tribord d'un air désapprobateur (elle déteste qu'on se coupe la parole) pour préciser :

– Fantine est dans la pièce d'eau à se préparer. Vous savez combien elle est coquette. Si nous perturbons le déroulement de sa toilette, elle sera de mauvaise humeur. Et c'est nous qui en pâtirons toute la journée. Et vous aussi, un peu, par la même occasion. Nous lui passerons l'information. Faites-nous confiance.

La préceptrice se tourne vers Cayenne.

La fille a le rouge aux joues. Non pas qu'elle soit énervée contre Tribord qui l'a interrompue, mais parce que, sans son intervention, elle aurait révélé que Fantine était absente du *Gîte*. Sûr que Frégate n'aurait pas manqué d'envoyer son amie à la Sentine pour être allée se promener sur l'île sans être accompagnée d'au moins l'un de ses camarades. Et personne n'a envie de commencer sa journée d'étude par un arrêt dans cette grotte sombre et humide, repaire de rats velus et d'araignées obèses. Le problème, c'est que Cayenne ne sait pas mentir. C'est plus fort qu'elle, il faut toujours qu'elle dise la vérité.

– Je t'écoute, Cayenne..., l'interpelle aimablement Damoiselle Frégate, un sourire tendre aux lèvres, mais le regard perçant.

Cayenne a un coup de chaud. Et ce n'est pas la redingote élimée de son frère aîné, qu'elle porte par-dessus son uniforme, qui est responsable de cette brusque montée de température.

Damoiselle Frégate insiste :

– J'attends que tu me ré...

– Mais enfin, Cayenne, arrête de me marcher sur le pied !

Le comportement de Tribord est si absurde – Cayenne se tenant toujours éloignée de lui – que Morbleue et Flibuste ne peuvent s'empêcher d'éclater de rire. Bâbord, lui, fixe Frégate avec appréhension.

– Qu'est-ce que tu as à intervenir toutes les cinq minutes ? Ce que tu dis n'a aucun sens, en plus. Pour la peine, tu seras retenu toute la matinée en ma compagnie.

Tribord ne réagit pas. Il ne comprend pas la sanction. Ils sont déjà censés passer toute la journée avec Frégate à *l'Académie*.

À son regard ahuri, Damoiselle Frégate répond en dévoilant une rangée de dents étincelantes. Un rire bref lui échappe.

– Je venais justement vous informer que vous n'aviez pas étude aujourd'hui. Que vous étiez libres de vaquer sur l'île à condition de rester groupés. Je vous rappelle que vous n'avez droit à aucune déambulation solitaire. En contrepartie, vous serez évalués ce soir sur votre aptitude à bien vous tenir en société. Exceptionnellement, nous dînerons tous ensemble. J'espère vous voir capables d'entretenir une conversation de qualité, tout en maniant élégamment le couvert correspondant aux plats qui vous seront présentés. Quant à toi, Tribord, tu m'accompagnes au *Relais*. Je vais t'apprendre à dresser une table d'apparat.

Le Relais étant l'épave dans laquelle les adultes prennent leurs repas.

– Vous ne pouvez pas plutôt lui apprendre à fermer la porte des toilettes ? propose Morbleue.

– C'est vrai, poursuit Flibuste. On en a marre de voir son derrière. Euh pardon, son postérieur.

Damoiselle Frégate masque un sourire, tout en haussant les sourcils.

– Je ne sais pas ce que vous avez ce matin. Mais j'espère que la journée vous sera profitable et apaisera vos esprits échauffés. Et n'oubliez pas de préparer pour ce soir des sujets de discussion intéressants. Je ne tolérerai aucune question ayant un rapport de près ou de loin avec la construction navale. Et maintenant, si vous voulez bien nous excuser. Allez, allez, on se presse, Tribord, tu as une nappe à repasser, conclut Damoiselle Frégate, en frappant des mains.

Flibuste lance un clin d'œil discret à son ami alors qu'il quitte *le Gîte* en traînant les pieds. Leur moquerie était une diversion supplémentaire pour éviter que Frégate s'intéresse de nouveau à Fantine.

Après leur départ, un silence inquiet s'installe dans *le Gîte*. Les Coquins s'observent d'un air troublé. Ils pensent à la même chose, mais aucun n'ose le formuler à voix haute.

Morbleue vérifie que la porte est bien fermée, puis se tourne vers ses camarades :

– Vous croyez qu'elle a quitté l'île sans nous ?

Chapitre 2

– Pourquoi j'aurais besoin d'une règle pour poser des verres sur la table ?

Tribord soutient le regard de Frégate les bras croisés, le ventre vide.

S'il n'avait pas fait preuve d'impertinence pour cacher la disparition de Fantine, il aurait pu se régaler d'un petit déjeuner copieux à *la Cambuse*, avec ses camarades, au lieu de mettre le couvert pour onze convives.

– Parce que tes verres doivent être à égale distance les uns des autres, répond sereinement Damoiselle Frégate.

Elle a décidé qu'aujourd'hui, elle ne perdrait pas une seule fois son sang-froid.

– Vous ne croyez pas que j'aurai du personnel plus tard pour le faire à ma place ?

Et ce, même si elle se trouve en face d'un gamin insolent, qui la toise avec un regard d'un vert si clair qu'on y verrait le fond de la Crique du Pendu par temps calme.

– Tribord, tu sais bien que tu vas devoir disposer la vaisselle comme je l'entends, que tu le veuilles ou non.

Plus vite ce sera fait et plus tôt tu seras libéré de cette corvée.

Le garçon attrape la règle que Frégate lui tend depuis tout à l'heure et la positionne sur la table.

– On est vraiment obligé de boire dans trois verres différents ?

– Les enfants, non. Mais les adultes, oui. Et pour l'harmonie de l'ensemble, je veux trois verres devant chaque jeu d'assiettes, alors tu t'exécutes, s'il te plaît, sans remettre en cause chacune de mes demandes, sinon je vais chercher Mal-Lunée pour te surveiller. Ou pire, te conduire à la Sentine.

– Ce n'est pas la peine ! riposte Tribord qui n'a aucune envie de se retrouver seul avec la femme de Mal-Embouché.

Rien que l'idée de passer un moment en tête-à-tête avec elle arrête instantanément les gargouillis peu discrets de son estomac. Mal-Lunée a le don de lui couper l'appétit. Elle l'effraie autant que son mari l'indispose.

Ce couple, au moins centenaire d'après les Coquins, composé d'une petite dame ronde énergique et d'un grand type fluet taciturne, règne sur l'entretien de l'île sans nom d'une main de fer, dans un gant de crin. Mal-Lunée, qui s'est toujours elle-même présentée sous ce nom-là, s'occupe de la maintenance des épaves. Elle scie, elle cloue, elle rabote. Tandis que Mal-Embouché, que sa femme a toujours présenté sous ce nom-là, bichonne les habitants. À lui le potager, la cuisine et les remèdes à base de plantes.

– C'est bien ce que je pensais ! assène Damoiselle Frégate d'un ton sec. Alors au travail maintenant ! Et si tu remarques une trace de doigt sur un verre, n'hésite pas à la faire disparaître avec ce torchon.

– Il y a bien quelqu'un que je ferais disparaître, marmonne Tribord, tout bas.

– Pardon ? le questionne Damoiselle Frégate, qui a tout entendu.

– Je disais : « Il y a bien un verre qui n'est pas tout à fait net ».

– Je savais que je pouvais compter sur ton dévouement.

Un sourire tranchant, et Damoiselle Frégate s'installe dans un fauteuil, un épais livre sans image ouvert sur les genoux.

Morbleue, Cacatois sur Flibuste, Cayenne et Bâbord sont attablés à la terrasse couverte qui jouxte *la Cambuse*. Mal-Embouché, après leur avoir servi le petit déjeuner, a repris son activité fébrile derrière ses fourneaux. Cette épave fait aussi office de cuisine. « On dirait qu'il prépare un banquet », a d'ailleurs lancé Bâbord à ses camarades, devant les carcasses de poules, entraperçues amassées sur son billot.

– Si ça se trouve, Fantine a déniché une barque abandonnée ? suggère Morbleue. Parce qu'elle n'a pas pu avoir le temps de finir seule de construire notre embarcation, on est toujours ensemble.

– Elle ne serait quand même pas partie sans nous ! s'indigne Flibuste.

– Et pourquoi pas ? répond Cacatois. Vous êtes une bande de poules mouillées ! Qui voudrait naviguer en votre compagnie sans craindre d'y laisser des plumes ?

Morbleue serre les dents. Il lui devient de plus en plus difficile de se retenir de tordre le cou à cette fichue bestiole.

Seule Cayenne ne participe pas à la conversation ce matin, le nez plongé dans sa tasse de chocolat. Elle n'est pas intervenue une fois depuis que les Coquins ont quitté *le Gîte*.

Son comportement n'est pas exceptionnel. Elle est la plus réservée du groupe. Il est rare que cette enfant aux formes souples et généreuses, les cheveux ondulés d'un blond tirant sur le roux, donne spontanément son avis. Et ses camarades évitent souvent de la déranger dans sa rêverie, s'étant habitués à sa mélancolie. Cayenne traîne cette tristesse depuis le départ de son frère. Il aurait eu quatorze ans cette année, quatre de plus qu'elle.

Philibert avait décidé de rester sur le navire qui les avait conduits sur l'île deux ans plus tôt, au lieu de débarquer avec elle. Il lui avait confié sa redingote et lui avait promis de revenir l'année suivante. Mais elle n'avait plus eu de ses nouvelles jusqu'à cette fameuse missive, reçue cet été, dans laquelle La Viscère, sa mère, lui apprenait que le brick sur lequel son frère naviguait avait coulé au large du cap Horn.

Mais Cayenne refuse de croire à la mort de son frère. Et si elle désire autant, elle aussi, quitter l'île sans nom, ce n'est pas pour racketter les mers comme ses parents, mais pour retrouver Philibert. Il est vivant. Elle en est certaine. Et elle compte bien lui mettre le grappin dessus et lui secouer les puces pour l'avoir abandonnée tous ces longs mois.

Et ensuite, seulement, elle lui rendra sa redingote.

Ce matin, pourtant, son silence est différent. Cayenne ne s'intéresse pas à la discussion de ses camarades. Comme si elle essayait, en se taisant et en baissant la tête, de se faire oublier. Bâbord est le seul à l'avoir remarqué. Il apprécie son calme. La tranquillité naturelle de Cayenne l'apaise, lui dont l'esprit fuse de mille pensées à la seconde, et il tente souvent d'éloigner ce vague à l'âme qui la caractérise. Combien de fois a-t-il fait l'imbécile devant son amie pour lui arracher un sourire ? Pour ramener sur lui son regard perdu dans le vide ?

– T'essaies d'hypnotiser ta tasse de lait ?

Cayenne n'a pas entendu Bâbord.

– Hé ho, Cayenne, ça va ? T'es toute bizarre depuis tout à l'heure, lui demande le garçon à la peau aussi noire que l'ébène.

La fille relève la tête et rougit immédiatement.

– Oui, oui, ça va.

Mais son manque total de conviction attise la curiosité de ses camarades. Car normalement, elle aurait dû dire non. Cayenne ne ment jamais. Et il est évident qu'elle n'est pas en forme ce matin.

– Qu'est-ce qui se passe ? insiste Bâbord. Tu sais où est Fantine ? C'est ça ? Et tu n'oses pas nous le dire ?

Ce garçon est un mystère pour tous les Coquins. Son frère y compris. Son esprit de déduction est phénoménal. Très régulièrement, Bâbord est au cœur de la vérité. À croire qu'il lit dans les pensées.

Cayenne hoche lentement la tête.

– Ce n'est pas la première fois que Fantine disparaît au milieu de la nuit…

– Quelle petite dinde ! réagit aussitôt Cacatois.

– Mais elle revient toujours avant l'heure du réveil, poursuit Cayenne. Comme j'ai le sommeil léger, je l'entends sortir et s'en retourner.

– Elle va où ? s'étonne Morbleue.

Cayenne se mord les lèvres.

– Tu peux nous le dire si tu le sais, l'encourage Bâbord. Parce que si elle n'est pas rentrée à temps tout à l'heure comme d'habitude, c'est peut-être qu'il lui est arrivé quelque chose.

Cayenne touille sa tasse de chocolat sans conviction.

– Un matin, alors qu'elle s'était enfermée dans la pièce d'eau après son retour, je me suis levée et je suis allée regarder ce qu'elle venait de ranger dans le coffre qu'elle garde sous son lit. Elle ne l'avait pas encore fermé à clé.

Après une pause pendant laquelle les Coquins la dévisagent en silence, Cayenne s'adresse à Bâbord :

– Il contenait des robes somptueuses et des bijoux étincelants. Des choses qu'elle n'a jamais portées devant nous.

– Oui. Et alors ? s'étonne Morbleue.

– Pas très dégourdie, la bécasse ! lance Cacatois, tout en changeant d'épaule de Flibuste.

L'oiseau remarque immédiatement l'éclat de rage dans le regard de la Coquine.

– Elle se sert dans le trésor de nos parents, devine Bâbord.

– Oui, enchaîne Cayenne. Je crois qu'elle se rend au volcan toutes les nuits.

– Comment c'est possible ? Jamais Vieux-Boucan ne lui soulèverait la porte de la Galerie ! s'exclame Morbleue. Il en a l'interdiction. Et vous savez comme moi combien il est dévoué à nos parents.

– Elle connaît peut-être un passage secret ?

Et parce que cette idée est émise par Bâbord, les Coquins acceptent immédiatement que ce soit la vérité.

Sans se concerter, ils comprennent qu'ils n'ont plus qu'une chose à faire.

Le tour du volcan !

– Finalement, je préfère que tu les plies en forme de cygne.

Tribord dévisage Frégate, incrédule.

– Et vous me dites ça une fois que j'ai terminé avec la dernière serviette ? Elles ne vous plaisent pas, mes fleurs de lotus ?

Le garçon essaie, tant bien que mal, de ne pas montrer son agacement.

– Au contraire, ta technique est impeccable, je l'admets. Mais j'ai changé d'avis. Je voudrais que tu plies les serviettes en forme de cygne, maintenant, s'il te plaît.

Il ne m'en plaît pas du tout, se dit Tribord, qui sourit pourtant à la préceptrice. Un sourire un brin exagéré. Qui ressemble franchement à une grimace. Tribord n'en peut plus de cette table. Cela fait deux heures qu'il s'évertue à aligner des fourchettes comme ci, des cuillères comme ça, et « Un peu plus à gauche, mon garçon », et « Ce couteau-là, à quoi sert-il ? ».

« À manger, pardi ! », qu'il avait eu envie de lui répondre.

Au lieu de ça, il avait fait mine de réfléchir, avant d'affirmer que le poisson était sa raison d'être, au plus grand plaisir de Damoiselle Frégate qui ne l'avait pas pour autant laissé tranquille.

À bout de patience, et incapable d'envisager de plier une seule serviette en forme de cygne ou de lapin, Tribord s'empare de l'un des vases qui trônent en bout de table et s'approche de Frégate.

Il a choisi celui rempli de lys.

– Et ces fleurs, madame, où je les pose ? Je ne sais plus ! Je ne sais pas ! J'ai encore oublié ! Au milieu ? Sur le côté ?

Tribord est fébrile. Ses mains secouent le bouquet à quelques centimètres de la robe immaculée de la préceptrice.

– Enfin, calme-toi, Tribord. Ce n'est pas grave. D'ailleurs, je ne crois pas vous avoir appris à disposer les arrangements floraux, tente de l'apaiser Damoiselle Frégate, qui a remarqué le nuage de pollen tourbillonnant autour du bouquet agité.

– Je ne vais jamais y arriver ! s'écrie Tribord qui, tournant sur lui-même, pose le vase sur la table d'un geste ferme.

Quand il se retourne en direction de Damoiselle Frégate, elle est en train d'examiner sa robe, constellée de petites taches orangées. Le garçon s'empare d'une serviette comme si de rien n'était.

– C'est bon ! l'interrompt la préceptrice. Tu peux laisser les serviettes comme elles sont. Nous en avons fini pour ce matin. Je te remercie de ta collaboration. Tu peux aller retrouver tes camarades, maintenant.

– Merci, répond Tribord, fier de lui.

Le tour de force est de tacher la robe de Frégate sans qu'elle croie qu'on l'a fait exprès. Opération dangereuse s'il en est, mais réussie avec talent aujourd'hui !

Vieux-Boucan s'essuie le front, ruisselant sous l'effort. Il est en train de fendre des bûches. Quand il aura fini, il les entreposera, à la suite d'autres tas déjà ordonnés, le long de la paroi du couloir intérieur qui mène au cœur du volcan, là où brûle un feu permanent.

Toute la journée, depuis des années, il plante des arbres aux abords de l'entrée, les aide à grandir, puis les abat, les débite, les met à sécher, les réduit et les stocke de façon à avoir toujours suffisamment de bois pour alimenter son feu. Et quand cet homme aux cheveux blancs très courts et aux yeux gris très clairs ne s'occupe pas de ses bûches, il récolte de la mousse qui, une fois déshydratée et jetée dans les flammes, permet d'obtenir une fumée noire. Ou alors il fabrique des fusées lumineuses. Dans une autre vie, on dit que Vieux-Boucan aurait été artificier. On lui doit, paraît-il, les plus beaux feux d'artifice que la cour hongroise ait connus.

– Vous pensez qu'il va nous croire si on lui annonce que Fantine visite régulièrement le trésor sans qu'il le sache ? demande Morbleue.

Après être retournés au *Gîte* vérifier une dernière fois que leur camarade n'était pas revenue de son expédition matinale, les Coquins ont examiné le volcan tout le long de l'étroit sentier qui le contourne, sans trouver aucun signe qui pourrait indiquer la trace d'un passage secret.

– Peut-être qu'il est au courant ? Peut-être même que c'est lui qui la laisse entrer ? propose Flibuste.

– Entrer où ? demande Vieux-Boucan qui, ayant aperçu les Coquins, s'est approché d'eux sans se faire remarquer.

Tous sursautent. Cacatois compris, qui manque de perdre l'équilibre. Morbleue sourit tout en reprenant ses esprits. Elle ne s'était jamais rendu compte que cet « oiseau de malheur » avait les griffes qui se relâchaient quand on l'effrayait. *C'est bon à savoir*, se réjouit-elle.

Vieux-Boucan est comme Damoiselle Frégate, qui elle-même se comporte comme Mal-Lunée et Mal-Embouché : ils sont capables de se déplacer sans attirer l'attention. Sûrement la qualité première qui leur a été demandée pour être embauchés sur l'île sans nom. Ce n'est pas possible autrement.

– Alors, j'ai laissé Fantine entrer où ?

– Qu'est-ce qui vous fait dire qu'on parle d'elle ? s'étonne Flibuste.

– Parce qu'elle n'est pas avec vous.

– Il aurait pu aussi s'agir de Mal-Lunée ou de Damoiselle Frégate, poursuit le garçon.

– Mais on s'en fout de ça ! s'égosille Cacatois. On veut savoir comment c'est possible que la poulette pique de la quincaillerie sous ton bec.

Vieux-Boucan éclate de rire. Ce perroquet grossier lui rappelle sa jeunesse en Europe, quand, après une intense journée de travail dans de belles demeures, il allait se boire des pichets de bière dans des bars louches, à se délecter du parler cru de ses voisins de comptoir.

– Je vous assure que personne d'autre sur cette île n'a accès au trésor. Hormis vos parents, le mécanisme pour soulever la porte en fer qui barre l'entrée n'est connu que de moi.

Cayenne plonge une main dans la poche intérieure de sa redingote.

– Monsieur ? dit-elle.

Vieux-Boucan sourit à Cayenne.

– Oui, ma mignonne ?

– Vous tenez un registre de tout ce qui est déposé dans la Galerie, n'est-ce pas ?

Le trésor des pirates s'accumule dans une longue salle immense naturelle qui a été creusée sous le volcan par le magma.

– C'est exact. Je répertorie par catégorie tout ce qu'elle contient.

Cayenne dévoile une broche.

– Donc, vous êtes à même de nous dire si ce bijou devrait se trouver dans la Galerie plutôt que dans ma main ?

Vieux-Boucan est intrigué par le mélange de timidité et de détermination dont fait preuve Cayenne. Ses camarades aussi, d'ailleurs, car ils ne l'ont pas vue ouvrir le coffre de Fantine, dont elle n'a pourtant pas la clé, quand ils sont repassés au *Gîte* tout à l'heure.

Saurait-elle crocheter une serrure ? se demande Bâbord, sous le charme.

– Suivez-moi, réagit Vieux-Boucan d'un ton sec.

C'est la première fois que les Coquins ont le droit de pénétrer dans le volcan en dehors de leur entraînement annuel à l'entretien du feu. En effet, il est prévu, dans le cas où Vieux-Boucan aurait un empêchement (accident, maladie), qu'ils puissent le remplacer dans sa tâche. Ce qui ne s'est encore jamais produit.

Un jeu de miroirs, qui diffuse la lumière tout le long du couloir intérieur depuis l'entrée, leur permet d'y voir clair. Ce système offrant un minimum d'éclairage naturel les impressionne toujours autant.

Vieux-Boucan s'arrête devant une niche, creusée dans la roche à hauteur de ses cuisses, et en ressort un registre volumineux qu'il pose sur un chevalet métallique fixé dans la paroi.

– Alors, qu'avons-nous là ? se dit à lui-même le pirate, en examinant la broche.

Si les Coquins étaient plus attentifs à sa gestuelle, ils sauraient que le gardien du trésor essaie de gagner du temps. La vue du bijou l'a immédiatement ébranlé.

– C'est bien ce que je pensais. C'est un diamant bleu à 72 facettes.

– Vous les avez comptées super vite ! s'exclame Flibuste, impressionné.

Vieux-Boucan pointe une ligne sur son registre.

– Je n'ai pas eu besoin de les compter. J'ai tout de suite reconnu le diamant Tavernier qui est consigné sur cette ligne-là. Cette pierre appartient au trésor de vos parents. Il est d'ailleurs écrit qu'elle a été remise par Bouffeur d'Oreilles, le père de Morbleue. Elle ne devrait aucunement se trouver en votre possession.

– Vous nous croyez, maintenant, quand on vous dit que Fantine visite la Galerie toutes les nuits ? insiste Bâbord avec autorité. Et comme elle n'est pas revenue ce matin, on se demande si elle ne serait pas restée coincée en bas. Elle n'aurait sûrement pas eu envie qu'on remarque ses allées et venues parce qu'elle aurait oublié de rentrer à temps.

Vieux-Boucan essaie de ne pas s'affoler.

– Il y a bien un autre moyen de pénétrer dans la Galerie, mais c'est risqué. Et cela requiert un indéniable talent d'acrobatie. Je doute que Fantine y parvienne, elle qui refuse de porter ne serait-ce qu'une bûche. Vous connaissez comme moi son aversion pour la transpiration.

– Vous savez, monsieur Vieux-Boucan, Fantine aime tellement les belles choses que je la crois capable de tout pour en obtenir, déclare Cayenne.

– C'est vrai, ma mignonne, qu'elle aime le beau. Mais peux-tu imaginer Fantine se glisser dans l'un des deux boyaux qui ont été creusés dans la roche, à mi-hauteur du volcan, conduisant chacun à un bout de la Galerie ? Des boyaux suffisamment étroits pour ne laisser passer qu'un enfant ? Ces deux ouvertures permettent à l'air de circuler. Le trésor se conserve mieux ainsi.

Cayenne hausse les épaules.

– Elle a tout un coffre rempli.

Vieux-Boucan hoche la tête.

– Après tout, pourquoi pas ! Si ça se trouve, Fantine, en se promenant, est tombée par hasard sur l'une de ces ouvertures, pourtant cachées par des buissons. Et, par curiosité, elle a cherché à découvrir où elle débouchait. En revanche, je ne comprends pas comment elle peut descendre et remonter aussi facilement dans ce conduit exigu...

– Moi, je sais, annonce Morbleue. Il y a environ deux mois, je l'ai aidée à emprunter une corde. Je devais attirer l'attention de Mal-Lunée pendant que Fantine se servait au *Dépôt*. Elle n'a pas voulu me dire ce qu'elle comptait en faire.

Et alors que Vieux-Boucan s'apprête à prier les Coquins d'aller l'attendre à l'extérieur du volcan, le temps qu'il aille récupérer Fantine dans la Galerie, un miaulement assourdissant résonne dans le couloir.

C'est le signal qu'un navire inconnu a été détecté à l'horizon.

Un navire qu'il faut absolument éloigner sous peine de risquer de tout perdre s'il accostait. Ce ne sont pas six enfants, quatre adultes, un perroquet mal dégrossi et trois chats aux poils hirsutes qui seraient capables de repousser un assaut ennemi.

Les Coquins frissonnent, mais ne paniquent pas. Ce n'est pas la première fois que le volcan doit être réveillé. Normalement, la consigne à appliquer quand cela se produit est de se cacher à l'endroit même où ils se trouvent au moment où se déclenche l'alarme, pour qu'aucun membre d'équipage ne puisse les apercevoir à la lunette depuis le pont du navire. Seuls les adultes étant autorisés à circuler.

Mais ce matin, c'est différent. Fantine doit être sauvée !

Vieux-Boucan hésite sur la marche à suivre. S'il ne va pas chercher la fille maintenant, il prend le risque de mettre sa vie en danger. Chaque minute compte, surtout si elle est blessée. Mais s'il n'active pas le feu dans la foulée, c'est la sûreté de l'île qu'il menace.

Vieux-Boucan se tourne vers les Coquins.

– À vous de jouer ! Vous sentez-vous capables de commencer sans moi ?

– Bien sûr ! réagit tout de suite Morbleue, qui a souvent rêvé de ce moment.

Et pointant chacun de ses camarades, elle énumère à haute voix leurs tâches respectives. Bâbord, sans l'aide de son frère retenu au *Relais*, redoublera d'efforts pour alimenter le feu en bois. Flibuste activera le soufflet pour attiser les braises. Et Cayenne jettera de la mousse séchée dans les flammes.

– Et moi, j'allume les cinq fusées, en commençant par celle dont la mèche est la plus courte.

Les miaulements s'intensifient ! Le chat en poste crie comme un forcené.

– Alors, il n'y a pas de temps à perdre, affirme Vieux-Boucan. Je compte sur vous. Et que la liberté nous préserve !

Chapitre 3

– Droit devant, je vous ai dit !

Gonzalo de La Rábida ne souhaite pas le répéter une troisième fois. Et il espère que la hargne qu'il a mise dans ses propos sera perçue par son premier lieutenant.

– À vos ordres, Capitaine, répond ce dernier. Tout en se retenant de botter les fesses de ce Gonzalo qui l'insupporte depuis deux mois qu'ils naviguent sous son commandement.

Son obstination à vouloir accoster sur cette île absente de leur carte n'a aucun sens. Non seulement le volcan qui leur fait face semble se réveiller, mais leur mission est d'apporter la bonne parole de Dieu sur des terres habitées, pas d'explorer des contrées inhospitalières !

Felipe replie sa longue-vue et transmet la consigne à Germain, le timonier, qui hésite un moment avant de bloquer le gouvernail de *l'Invincible* sur la direction qu'on lui indique. La fumée sombre au-dessus du cratère est de plus en plus épaisse. Mais lui, comme les dix-neuf autres membres d'équipage, ne souhaite aucunement provoquer la colère du jeune capitaine.

Gonzalo de La Rábida n'a peut-être que quinze ans, mais cette première expédition qu'il dirige a été officiellement financée par la famille royale espagnole. Sans oublier que cet adolescent petit, sec et nerveux a fait preuve depuis le début du voyage d'un comportement pour le moins cruel. Comme quand il a balancé à la mer son chien chéri parce que ce dernier ne cessait de japper chaque fois qu'une voile claquait au vent. C'est-à-dire souvent.

« Ça t'apprendra à ne pas te taire quand je te le demande », avait déclaré Gonzalo de La Rábida au moment où, après avoir posé son chien sur le bastingage, il l'avait éjecté du pont d'une simple pichenette vers les flots.

Ce que Gonzalo de La Rábida ne savait pas, c'est que Gobe-Mouches, un gamin né dix ans plus tôt sur ce bateau qu'il n'avait jamais quitté, avait sauté à l'eau, une corde attachée autour de la taille, pour récupérer l'animal. Ignoré de tous, Gobe-Mouches, un garçon soi-disant benêt, gardait le chien caché dans un tonneau vide au fond de la soute. De manière incroyable, Coquet, le lévrier à poil ras qui avait failli finir en croquettes à requins, n'aboyait plus. Mais alors plus du tout. Et pourtant, le vent s'engouffrait dans la soute en vibrant, chuintant, grondant, mais Coquet avait sans doute compris qu'il valait mieux ne pas se faire remarquer. À peine laissait-il échapper un ou deux couinements joyeux quand Gobe-Mouches lui apportait de l'eau, des biscuits ou des caresses.

– Doux Seigneur ! s'exclame Germain à la vue de la lueur rougeoyante qui illumine le ciel bleu, au sommet du volcan.

Quelques secondes plus tard, le son de cette explosion visuelle parvient jusqu'aux membres de l'équipage de *l'Invincible*. Tous sont sur le pont. Aucun ne bouge. Mais la peur du danger se lit sur leurs visages.

– Vous êtes sûr de vouloir persévérer dans votre idée ? demande Felipe à voix basse au jeune capitaine, tout en se tenant prêt à esquiver un coup de colère éventuel.

Gonzalo de La Rábida se tourne lentement vers lui, le sourire aux lèvres.

– Mon cher Felipe, n'es-tu pas réputé comme l'un des meilleurs pilotes de bateau de l'Armada espagnole ? Tu sauras prendre la barre et éviter les jets de roches arrachées au volcan qui nous menaceraient.

– Je ne crains pas tant les projections que le raz de marée qu'une éruption pourrait provoquer. Nous n'aurions aucun moyen de l'esquiver. Nous serions engloutis dans l'instant.

Gonzalo de La Rábida observe son premier lieutenant. Il comprend pourquoi le roi d'Espagne a insisté pour qu'il embarque avec lui cet officier d'une quarantaine d'années. En plus d'être habile à la manœuvre, apte à prédire le sens du vent avant même qu'il se lève, c'est un érudit qui connaît le monde. Mais cet homme est trop frileux, le goût de l'aventure l'a quitté.

– Je prends le risque, Felipe. Je prends le risque.

Et, affrontant son équipage qui a suivi l'intégralité de la conversation pourtant murmurée, Gonzalo de La Rábida hurle à pleine voix :

– Toutes voiles dehors ! Il n'y a plus de temps à perdre.

Vieux-Boucan frissonne malgré lui. Non qu'il doute des Coquins, il leur fait confiance pour réveiller le volcan. Il se méfie plutôt de ce qu'il est sur le point de trouver dans la Galerie.

Pourvu qu'elle ait perdu la notion du temps à enfiler des robes, se dit le gardien du trésor, incapable d'imaginer sa réaction s'il découvrait Fantine inerte sur le sol froid.

Après s'être assuré que les Coquins étaient occupés avec le feu, Vieux-Boucan a abaissé les cinq leviers répartis de chaque côté de la porte en fer, dans un ordre précis, pour actionner son mécanisme d'ouverture, dévoilant ainsi l'escalier qui descend à la Galerie.

– Fantine ? Fantine, est-ce que tu m'entends ?

Pointant une lanterne devant lui, Vieux-Boucan explore chaque renfoncement de la salle immense, refusant de paniquer.

Mais aucune trace de la Coquine dans le coin des malles à vêtements. Rien non plus du côté des coffres à bijoux.

Le front dégoulinant de sueur, Vieux-Boucan accélère le pas. Il a soudain la conviction que Fantine a eu un problème au moment de pénétrer ou de quitter la Galerie. Comme il n'y a aucun signe de son passage au niveau de la première ouverture creusée dans le plafond près de l'entrée, il se dirige en courant à l'autre bout de la grande salle. Slalomant entre les armures et les lustres. Franchissant des tapis roulés. Renversant, dans sa hâte, un plateau couvert de coupes en argent.

Et il a raison. Fantine est bien là. Au pied du second boyau. Elle est étendue au sol, sur le dos, une jambe repliée jusqu'aux fesses, un bras par-dessus son visage. Inconsciente. Un bout de corde ondulant sur le corps.

Vieux-Boucan pousse un cri.

Un liquide noirâtre se répand au niveau de la tête de la fille. Un filet de sang, sûrement.

Vieux-Boucan se précipite vers elle.

Fantine a dû se cogner le crâne en tombant du boyau. La corde, qu'elle avait accrochée à l'extérieur du passage étroit, s'est visiblement rompue sous l'usure. Probablement à force d'avoir été frottée contre la paroi rocheuse chaque fois que la fille circulait dans ce conduit.

Laissant sa lanterne au sol, Vieux-Boucan ne voit pas si la poitrine de Fantine se soulève sous l'effet de sa respiration. Il n'ose pas poser son oreille sur elle. Et si son cœur avait cessé de battre ? Il ne le supporterait pas.

La tête détournée, il attrape son poignet et tâte son pouls.

Rien ! Vieux-Boucan ne sent rien ! Aucun mouvement de sang dans les veines de l'enfant.

Et alors que la nouvelle de la mort de Fantine s'abat sur lui, il s'aperçoit que la fille porte un épais corsage en satin, bien trop grand pour elle. Le gardien du trésor ne touchait pas sa peau, mais le tissu de la manche du vêtement.

Fou d'espoir, Vieux-Boucan se penche sur Fantine et écoute son cœur qui lui répond, dans un murmure lent et répété : « Je bats, je bats, je bats… Tout bas, je bats. »

La joie qui s'empare du gardien du trésor est immense. Elle lui procure une force démentielle. Après avoir attaché la lanterne à sa ceinture, il passe ses deux bras sous le corps de la fille et la soulève d'un geste ample et facile, malgré ses cinquante années bien tassées. Il compte la déposer au bout du couloir, à l'air libre, aux bons soins de Mal-Embouché, qui est forcément venu lui prêter main-forte en compagnie de Mal-Lunée et de Damoiselle Frégate, comme chaque fois que l'alarme est déclenchée. Peut-être même qu'ils sont déjà en train d'aider les Coquins ?

Alors que Vieux-Boucan s'engage dans l'escalier, une deuxième fusée explose au sommet du volcan. Sa déflagration résonne jusqu'aux tréfonds de la Galerie.

Tribord n'en croit pas ses yeux. Même après une troisième explosion, la caravelle se dirige toujours droit sur eux !

Le frère de Bâbord était en route pour *la Cambuse*, s'imaginant y retrouver les Coquins en terrasse savourant un petit déjeuner à rallonge, quand le terrible miaulement du chat l'a surpris. Et au lieu de se cacher au regard de l'ennemi, comme attendu de lui, Tribord, d'instinct, a bifurqué sur le sentier caillouteux qui mène au sommet du cratère.

Depuis sept ans qu'il habite sur l'île sans nom, Tribord profite de toutes les occasions possibles, alarmes comprises, pour aller rendre visite aux trois chats. Il est formellement interdit aux Coquins de les déranger dans leur mission de surveillance, mais dès qu'il le peut, Tribord défie cette règle. Il aime grimper au sommet de l'arbre calciné et s'installer en compagnie du matou qui fait le guet. De là-haut, l'océan s'offre à 360 degrés.

Tribord profite de la traînée de fumée qui se diffuse après l'explosion de la quatrième fusée pour descendre de sa branche. Il assiste alors à l'échange de place entre les deux chats restés au sol. Comme l'un est épuisé à force de hurler dans le porte-voix en écorce de bouleau,

l'autre prend la relève. C'est la première fois qu'un navire ne les contourne pas et qu'il faut miauler en continu pour prévenir de sa venue.

Tribord ne sait pas quoi faire. Et son frère qui n'est pas là pour le conseiller...

En s'approchant du bord du cratère, Tribord peut l'apercevoir, de la taille d'une fourmi, en train d'alimenter le feu. Et Flibuste, aussi, qui active le soufflet.

Mais où est Vieux-Boucan ?

– Est-ce que je les rejoins au risque de me faire repérer ? Ou au contraire, est-ce que je reste caché ici ?

La cinquième fusée embrase le ciel au-dessus du volcan au moment où Mal-Embouché récupère Fantine des bras de Vieux-Boucan. Délicatement, le vieil homme allonge la Coquine sur l'herbe, à l'extérieur du couloir, les jambes relevées sur un rondin de bois, tandis que le gardien du trésor retrouve Damoiselle Frégate.

La préceptrice est en émoi. Non seulement Fantine est blessée, mais Tribord manque à l'appel !

Vieux-Boucan blanchit à cette annonce.

– Ne vous inquiétez pas, leur dit Bâbord, qui est venu chercher une bûche. Il est avec les chats. Je regardais la fumée de la dernière fusée se dissiper dans les airs quand il m'a fait signe. Je lui ai conseillé de ne pas bouger.

Je me doutais bien que ces deux-là savaient communiquer de loin par gestes, note Damoiselle Frégate, soulagée.

Complètement indifférent à l'effervescence qui a saisi le reste du groupe, Mal-Embouché nettoie la plaie superficielle sur le haut du front de Fantine. Après l'avoir désinfectée avec le contenu d'une fiole tirée de sa besace à remèdes, il étale une belle couche de miel de thym, baume idéal pour la cicatrisation, avant de lui envelopper la tête d'une bande de tissu propre.

Le visage inexpressif de la Coquine le trouble.

Mal-Embouché ne s'explique pas pourquoi Fantine n'a toujours pas repris ses esprits malgré les gouttes d'huiles essentielles de sa composition qu'il lui a appliquées sur les tempes. Leur odeur puissante aurait dû faire effet.

Et si le choc qu'elle avait reçu au front était plus sérieux qu'il ne l'avait d'abord envisagé ?

– Elle va mourir ?

Mal-Embouché n'a pas vu Cayenne s'accroupir à ses côtés. La fille caresse les cheveux de son amie. Le vieil homme pose son bras sur son épaule et la rassure en lui tapotant maladroitement le dos. Au bord des larmes, Cayenne baisse les yeux au moment où Mal-Lunée les dépasse pour rejoindre le haut de la falaise d'un pas pressé.

– Si tu pouvais reprendre ton poste, gamine ! lance Mal-Lunée, d'un ton acerbe, alors qu'elle file se plaquer derrière le tronc d'un sapin, pour observer l'avancée de la caravelle.

C'est plus fort qu'elle ! Le danger la rend nerveuse et désagréable.

Sur le point de se lever, Cayenne a le regard attiré par un éclat de lumière. Là, à son genou, brille un bijou.

Un pendentif en or, serti de pierres précieuses. Il a dû se décrocher quand Mal-Embouché a ôté le corsage en satin dont s'était affublée Fantine, par-dessus sa chemise.

On dirait un dauphin, se dit Cayenne, après l'avoir ramassé.

La Coquine reconnaît le cordon de cuir qui retient le bijou. Elle l'a toujours vu au cou de son amie. Ce pendentif est le sien, il ne vient pas de la Galerie. Cayenne s'apprête à le confier à Mal-Embouché quand elle décide de le garder pour elle. Elle a envie de le porter le temps que Fantine retrouve la santé. Alors, elle lui rendra, elle promet. Même s'il est vrai que, depuis le départ de son frère, Cayenne accumule en secret, sous son matelas, de petites choses qu'elle emprunte de-ci de-là.

Et tandis que Mal-Embouché masse la paume de la main de Fantine, Cayenne embrasse le front de son amie, se relève et s'empresse de retourner au cœur du volcan, rassurer ses camarades. Car il est impossible que Fantine ne se réveille pas bientôt. De tous les Coquins, c'est peut-être celle qui en fait le moins, mais c'est la plus robuste. La preuve ! Elle visite la Galerie toutes les nuits !

Repliant sa lunette et la rangeant dans l'une des nombreuses poches de ses hauts-de-chausses (sorte de pantalon court bouffant qu'elle s'est cousu elle-même), Mal-Lunée peut clairement affirmer maintenant que la caravelle bat pavillon espagnol.

La vieille femme n'aime pas cette main imaginaire aux doigts noueux qui s'amuse à lui tirer la peau du ventre. Elle refuse de laisser la peur l'envahir et, pourtant, ce navire qui fonce sur eux à vive allure ne présage rien de bon.

Quand elle repasse devant son mari affairé auprès de Fantine qui a ouvert les yeux le temps qu'elle se rende à la falaise, Mal-Lunée, réjouie par le réveil de la Coquine, préfère ne pas le déranger. Elle se dépêche de rejoindre les Coquins, Damoiselle Frégate et Vieux-Boucan au bout du couloir. Essoufflés par l'effort qu'ils ont fourni sans relâche, ils fixent, immobiles, les flammes immenses qui dansent au cœur du cratère. Le feu est lancé maintenant, la chaleur ardente exige de s'en tenir éloigné. L'embrasement peut durer deux ou trois heures sans intervention de leur part.

– Elle arrive ! Droit sur nous ! Une caravelle espagnole. Avec un équipage d'une vingtaine de personnes environ. Je n'ai pas vu de soldats. Peut-être des missionnaires. Mais quel intérêt alors de débarquer sur une île inhabitée ?

Mal-Lunée débite des phrases courtes. Toujours. Et plus encore en cas de danger. Elle cherche à communiquer l'information au plus vite.

Damoiselle Frégate frissonne.

– Il faut au moins qu'on tienne jusqu'à ce soir.

– Pourquoi ce soir ? demande Flibuste.

La préceptrice lâche un sourire désolé.

– C'était une surprise mais, maintenant, il ne sert plus à rien de vous la cacher. Vos parents ont prévu de rentrer aujourd'hui. D'où le dîner en préparation. Ils nous ont envoyé des nouvelles depuis le Comptoir de la Fesse Plate.

En effet, avant de débarquer sur l'île sans nom, les pirates se donnent rendez-vous à un millier de milles de là, afin d'y négocier une partie de leur cargaison qu'ils échangent contre des vivres pour leurs enfants. Mais aussi, et d'abord, ils fêtent, à coups de pichets, leurs retrouvailles, chacun narrant ses assauts, exhibant ses blessures, détaillant son butin. Et, toujours, entre deux tournées, ils envoient un pigeon voyageur annoncer leur arrivée imminente.

– Oui, mais là, ils ne sont pas là ! s'énerve Cayenne. Et ça ne prend pas beaucoup de temps pour trucider quelqu'un. Comment on va faire pour rester sains et saufs jusqu'à ce soir ?

Surtout qu'il est rare que les conditions de navigation permettent de respecter une date ainsi donnée, se dit Bâbord.

En effet, ils peuvent très bien apparaître demain, comme ils auraient pu se présenter la veille. Leur estimation de la durée du voyage est généralement valable à un ou deux jours près...

– On doit y réfléchir, et vite ! rétorque Vieux-Boucan, qui mangerait bien un cochon grillé entier.

Le danger lui ouvre l'appétit. Heureusement que ses ennemis ne sont pas au courant. Il suffirait de lui tendre une cuisse de poulet à la peau croustillante pour le neutraliser.

– Nous n'avons peut-être pas affaire à des gens mal intentionnés ? suggère Damoiselle Frégate. Pourquoi ne s'agirait-il pas d'un capitaine inexpérimenté qui, ayant un besoin crucial de faire escale, se croit capable d'affronter l'éruption ? À l'accueillir chaleureusement, nous pourrions gagner quelques heures de tranquillité.

– Ou alors, ce capitaine sait que le volcan est éteint depuis de nombreuses années et qu'il cache un trésor ? Et ceci étant, il fera peu de cas de notre existence, réplique Bâbord.

Mal-Lunée essaie de ne pas sourire au jumeau qui porte un bandeau. Elle aime sa clairvoyance. C'est d'ailleurs le Coquin qu'elle préfère, mais jamais elle ne l'avouera, s'évertuant de toute façon à leur faire croire qu'elle les déteste tous.

– Le gamin a raison. On ne sait rien d'eux. Et nous devons présager du pire pour être sûrs de nous en sortir.

– Comment ça se fait qu'on n'ait jamais élaboré un plan d'attaque en cas d'accostage d'un navire ? réagit Vieux-Boucan, avec véhémence, comme s'il s'invectivait lui-même.

Morbleue lève un bras, sans que personne ne la remarque.

– J'ai toujours dit qu'on aurait dû leur apprendre à manier une arme, rappelle Mal-Lunée. Ils sont peut-être jeunes, mais pas trop bornés.

Flibuste, enchanté à l'idée d'une telle formation, donne un coup de coude à Morbleue qui, voulant attirer l'attention sur elle, arrache une plume de Cacatois, dont le hurlement instantané envahit le couloir.

– Ça va pas ! Elle est barjot, celle-là ! Elle m'a dépouillé ! Ne t'avise pas de recommencer, la dinde, où je te crève un œil avec mon bec !

– J'ai un plan à vous proposer. J'en ai même plusieurs, annonce la Coquine, le visage rayonnant.

En effet, souvent, le soir, avant de se coucher, elle grimpe sur la coque renversée du Gîte et, défiant l'horizon, elle se divertit en imaginant ce qu'elle ferait en cas d'invasion de l'île sans nom...

Chapitre 4

– Paré à virer ! Maintenant ! À bâbord, toutes ! ordonne Gonzalo de La Rábida.

Germain lance un coup d'œil à Felipe, qui approuve discrètement du menton. Le premier lieutenant ne se formalise pas de cette prise de pouvoir par le jeune capitaine. Qu'il pilote à sa place *l'Invincible* n'est pas de règle, surtout à l'approche d'un débarquement en terre inconnue. Mais cela confirme ses soupçons. L'adolescent maîtrise la situation plus qu'il ne veut bien le révéler. Soit il est déjà venu sur cette île et il sait où les conduire. Soit on lui a décrit la contrée et il se fie à ce qu'on lui en a rapporté.

Suivant les ordres du capitaine, et avec l'assentiment silencieux de Felipe, l'équipage manœuvre les voiles de façon à décrocher du vent et virer sur la gauche pour longer la côte. Cette opération délicate ralentit leur allure et offre à leur regard une ouverture insoupçonnée dans le découpage rocheux de l'île. Une crique, où ils pourront mouiller, surgit sur leur droite.

Felipe s'est suffisamment approché de Gonzalo pour que ses propos ne soient entendus que de lui :

– Pourquoi tenez-vous tant à accoster sur cette île ?

Au sourire qui illumine le visage de Gonzalo de La Rábida à la vue des épaves échouées qui leur font soudainement face, Felipe comprend que ce dernier n'a jamais posé un pied sur cette terre, mais qu'il a désormais la confirmation que l'information qu'il détient est exacte. Rien dans cette vision apocalyptique n'aurait dû le réjouir. Sauf si elle lui donnait raison.

– Patience, mon ami, patience, répond Gonzalo de La Rábida.

– Notre mission ne concerne Dieu en rien, n'est-ce pas ?

– Voyons, Felipe, Dieu est partout, tu le sais bien…

Dissimulé derrière un rocher, équipé de la longue-vue des chats, Tribord observe, horrifié, la caravelle se rapprocher de leurs côtes. Il a du mal à convaincre les félins d'arrêter de miauler. Cela ne sert plus à rien. Le capitaine de ce bateau a visiblement l'intention de débarquer ! Il se fiche que le volcan soit en activité.

Frustré, Tribord se frappe le front. Il voudrait agir, rejoindre son frère, mais c'est trop tard, on risquerait de le voir descendre le chemin caillouteux depuis le pont du navire. Et Bâbord a bien insisté : « Reste où tu es », lui a-t-il signalé d'en bas, avec ses bras.

Tribord se lève et, à l'abri des regards, commence à faire les cent pas. Il repousse au fond de lui cette énergie qui ne demande qu'à sortir.

Énervé d'être ainsi coincé au sommet du volcan, il donne un énorme coup de pied dans un caillou. Son geste ample lui fait perdre l'équilibre. Le garçon roule plusieurs fois sur lui-même, avant d'être arrêté par un buisson touffu. Pourvu qu'aucun marin ne l'ait aperçu ! Quelques secondes lui sont nécessaires pour se remettre debout, mais à part l'impression d'avoir reçu trois coups de pied aux fesses, Tribord n'a aucune égratignure. Alors qu'il s'amuse d'être recouvert d'épines de sapin, collées sur la résine qu'il a récoltée au passage, les chocs répétés du caillou responsable de sa chute attirent son attention. La pierre continue de dévaler la pente sans s'arrêter, prenant même de la vitesse, rebondissant de plus en plus haut à chaque fois. Jusqu'à atterrir à une centaine de mètres du *Gîte* !

Un sourire immense éclaire alors le visage de Tribord. Cela lui donne une idée pour s'occuper. Et le voilà parti à la recherche de projectiles qu'il pourra peut-être utiliser à un moment donné !

Après en avoir amassé une demi-douzaine, Tribord remarque la manche abîmée de sa chemise. Le pan de tissu, en partie arraché, est si imprégné de résine qu'il a tire-bouchonné.

Et si je faisais des boules de feu ? se demande le garçon, excité.

À l'aise en tricot de corps, Tribord ôte aussitôt sa chemise. Sans ménagement, il tire dessus, brave les coutures, la déchire en lambeaux. Son saccage terminé, il s'installe au pied du rocher, derrière un buisson, face à la mer, pour enrouler tranquillement ces bandeaux de coton tissé autour des pierres qu'il a réunies, avant de les enduire de résine et de les saupoudrer d'épines. Il n'aura plus qu'à les allumer ensuite...

Tribord est si concentré à confectionner ses munitions improvisées qu'il ne s'alarme pas quand, pointant sa longue-vue sur la caravelle, il aperçoit une agitation nouvelle sur le pont. Son souffle ne s'altère pas aux voiles pliées, à l'allure ralentie, à l'ancre jetée.

Que *l'Invincible* ait stoppé sa course ne l'affole guère.

Qu'un canot soit mis à l'eau ne le détourne pas de sa tâche.

– Tout le monde quitte son poste. C'est un ordre ! déclare Gonzalo de La Rábida, le visage exalté.

L'équipage, tel un seul homme, jette son regard sur Felipe.

Ce dernier hésite. Il est insensé qu'aucun marin ne reste à bord de *l'Invincible*. On ne laisse jamais un navire sans surveillance.

– Craignez-vous tant le danger sur cette terre que notre présence à tous soit ainsi indispensable ?

– Non. Je ne pense rencontrer aucune difficulté dans la mission qui m'attend, répond Gonzalo, d'un air tranquille.

– Alors, pourquoi ne pas autoriser une garde à bord ?

Gonzalo de La Rábida se tourne vers Felipe. Il sourit, pleinement. Un vrai beau sourire à son premier lieutenant. Et pourtant, son regard est froid, sa voix rêche, son phrasé haché.

– Pourquoi ne cessez-vous, depuis l'apparition de cette île, de remettre en cause chacune de mes décisions ? Cela me fatigue. Énormément. Et m'exaspère. Hautement. Et puis, vous oubliez Gobe-Mouches. Il est peut-être niais, mais il saura nous alerter si on s'approche de *l'Invincible*. Allez l'informer de notre départ. Qu'il s'installe en haut du grand mât jusqu'à notre retour. Nous ne devrions pas être longs. Merci, Felipe.

Le premier lieutenant baisse la tête, livide. Non pas d'humiliation, comme se le figure le jeune capitaine, mais de rage d'avoir à obéir à ce morveux écervelé. Profitant que Gonzalo réajuste la collerette ridicule qu'il vient de s'accrocher autour du cou, Felipe acquiesce discrètement en direction de l'équipage qui n'a toujours pas déroulé l'échelle de corde pour descendre au canot.

Gonzalo de La Rábida se trompe. Felipe ne questionne pas son comportement depuis l'apparition de l'île. Dès le début de l'expédition, il a douté de ce capitaine de pacotille. Et son jeune âge n'y est pour rien, son bas lignage non plus. Mais qu'il lui refuse depuis le jour du départ l'entrée de sa propre cabine est un affront qui ne se pardonne pas. C'est la première fois qu'il voit un officier de ce rang suivre la course de son navire depuis la couche de son premier lieutenant, après avoir remis à celui-ci cartes, compas et boussole.

Que cache-t-il dans sa cabine pour m'en interdire l'accès ?

– Aidez-moi à descendre, Felipe ! lui ordonne le capitaine.

– Je n'ai pas encore prévenu Gobe-Mouches.

– Germain s'en chargera !

– C'est maintenant ou jamais !

Mal-Lunée revient, essoufflée, du bord de la falaise où elle était retournée espionner la caravelle espagnole. Quand elle a aperçu l'équipage complet de *l'Invincible* descendre dans le canot et commencer à ramer en direction de la Crique du Pendu, elle a compris que c'était le moment à saisir pour rejoindre *le Gîte*. Ils disposent d'une vingtaine de minutes pendant lesquelles ils pourront avancer, sans crainte, à découvert.

– Et je vous préviens, ajoute Mal-Lunée à l'intention de Morbleue, Flibuste et Cayenne, qui l'attendent à l'entrée du volcan : le premier qui se moque de mon accoutrement, je lui plonge la tête dans un baquet.

Les Coquins serrent les lèvres. D'abord, parce qu'ils ne doutent pas des intentions mauvaises de Mal-Lunée, mais surtout parce qu'ils se retiennent de rire. La vieille femme a troqué ses hauts-de-chausses pour une robe noire (un peu trop ajustée), un tablier blanc et une charlotte en mousseline. De quoi la faire ressembler à une soubrette de bonne famille.

– Et toi, le piaf ! Un mot, un seul mot de travers, et je t'embroche, je te rôtis et je te croque !

Cacatois n'entend pas Mal-Lunée le menacer, le doigt tendu. La mini-perruque brune, longue et bouclée qu'on lui a enfoncée sur le crâne lui bloque les oreilles. Il porte aussi un gilet de soie brodé, dans lequel il a passé ses ailes, et un jabot de dentelle, que Flibuste lui a noué autour du cou. Et peu importe qu'il s'agisse de vêtements de poupée, Cacatois est trop heureux d'être richement accoutré de la tête aux pattes. Comme Flibuste, qui arbore des chaussures plates noires, des bas de soie rouges, un justaucorps assorti à une veste de brocart bleu. Et peu importe que Cayenne et Morbleue aient enfilé toutes les deux des escarpins, trois jupons et un corset. La première a choisi une robe

en taffetas jaune et or, quand l'autre a privilégié du velours vert. Le tout sous une perruque volumineuse pour chacun.

La direction artistique de cette transformation vestimentaire a bénéficié de l'aide indispensable de Fantine, qui savait exactement dans quel coffre de la Galerie trouver chaque pièce d'habit en un temps record.

– Peut-être vous faudrait-il aussi, comme nous, un nom d'emprunt ? suggère Morbleue à Mal-Lunée.

La vieille femme ne répond pas. La gamine a raison. Mais aucun ne lui vient en tête. Elle a toujours manqué d'imagination.

– Que pensez-vous de Zerbinette ? propose Cayenne, sans plaisanter. C'était le nom de notre servante quand nous étions logés à Paris, avec mon frère.

Morbleue et Flibuste fixent leurs chaussures. Mal-Lunée ne peut pas s'appeler Zerbinette. Ils n'arriveront jamais à garder leur sérieux si elle choisit un nom pareil.

– Entendu ! Ça me va tout à fait.

Et Zerbinette de jeter un œil dans le couloir, de placer deux doigts dans sa bouche et de siffler de toutes ses forces.

Très vite déboulent Vieux-Boucan, Damoiselle Frégate, Mal-Embouché, Bâbord et Fantine.

Tous ont l'air grave. L'heure est délicate. Ils vont se séparer, maintenant, incertains de se retrouver. Aucune parole n'a besoin d'être échangée. On s'embrasse, on s'enlace et on s'encourage d'un hochement de tête.

Chacun a appris par cœur le rôle qui lui a été attribué.

Bâbord, portant un grand coquillage en forme de spirale, qu'on appelle une conque, doit aller se cacher discrètement dans les broussailles près du *Gîte* et attendre le signal avant de souffler dedans.

Il s'éloigne le premier.

Zerbinette, les trois autres Coquins et le perroquet, eux, vont s'en retourner au *Gîte* et accueillir l'ennemi. Ils seront en première ligne. La réussite du plan dépendra de leurs talents de comédiens.

À leur tour, ils prennent le départ.

Vieux-Boucan, Damoiselle Frégate, Mal-Embouché et Fantine vont demeurer cachés au cœur du volcan.

– Pourquoi je ne peux pas me joindre à eux ? insiste une nouvelle fois Fantine qui a ôté son bandage. Je vais bien, maintenant. J'ai retrouvé tous mes esprits.

– Parce que Vieux-Boucan en a décidé autrement, répond Damoiselle Frégate, qui n'a pas compris le choix du gardien du trésor, mais qui se doit de le soutenir.

Pendant cette discussion, Vieux-Boucan et Mal-Embouché tirent une lourde porte de pierre, encastrée au sol sur un rail métallique. Pour bloquer entièrement l'entrée, ils doivent ensuite l'avancer entre deux barres perpendiculaires. La manœuvre est délicate. Elle nécessite une précision millimétrique. Si la porte se déboîte ne serait-ce que d'un millimètre, il faudra récupérer des contrepoids pour la soulever et la remettre sur les rails. Une manipulation qui demandera du temps. Et du temps, ils en ont peu.

Damoiselle Frégate entraîne Fantine sur le côté. Il n'est pas question que son caprice déconcentre l'exécution de cette opération minutieuse.

– Écoute, Vieux-Boucan n'agit jamais à la légère. Tu le sais autant que moi. Il doit avoir une raison précise pour vouloir te garder parmi nous.

Un grincement léger, à peine un frottement, accompagne une soudaine semi-obscurité. La fermeture de l'entrée du volcan est un succès. Tout a fonctionné à merveille.

– Te sens-tu capable de garder un secret ? intervient Vieux-Boucan à l'intention de Fantine, qui s'est assise sur le sol froid, les bras croisés, la moue boudeuse.

– Si je n'étais pas tombée ce matin la tête la première, personne n'aurait jamais découvert que je visite régulièrement la Galerie. Alors, oui, je sais tenir un secret, mon bon monsieur !

Vieux-Boucan ne relève pas la pointe d'insolence dans la réponse de Fantine. Dès le premier jour de son arrivée sur l'île sans nom, six ans auparavant, cette enfant les a tous pris de haut. Les Coquins, comme les adultes. Personne ne se formalise désormais. Ils sont habitués à son arrogance.

Vieux-Boucan baisse la voix. Il n'est pas fier de ce qu'il doit annoncer.

– Vos parents risquent d'avoir du retard.

– Premièrement, mes parents ne sont jamais venus me rendre visite ici, réplique Fantine. L'homme qui prétend être mon père est un imposteur. Je vous l'ai assez répété. Et deuxièmement, il est rare qu'ils manquent au rendez-vous. De quelques heures parfois. Mais je suis sûre que nous petit-déjeunerons tous ensemble demain matin.

– Certainement pas demain, ni même le jour d'après, répond Vieux-Boucan, dans un souffle.

– Je ne comprends pas, déclare Damoiselle Frégate, qui essaie de garder son calme.

Vieux-Boucan presse un poing sur son cœur qui s'est emballé.

– Ils ont envoyé un second message, un jour après le premier, qu'on a reçu seulement ce matin ! Je n'ai pas eu le temps de vous en parler. Comme Bouffeur d'Oreilles manquait à l'appel, les autres ont décidé de l'attendre. À mon avis, ils n'ont toujours pas quitté le Comptoir.

Mal-Embouché lâche la torche qu'il était en train d'enflammer.

– Vous voulez dire que nous devons nous débrouiller tout seuls ?! s'emporte Damoiselle Frégate, bouleversée. Repousser cette invasion sans aide aucune ?

– Voilà pourquoi tu as refusé qu'on s'enferme dans le volcan jusqu'à ce soir, réagit Mal-Embouché. Tu craignais qu'on y reste des jours !

Vieux-Boucan acquiesce.

– Si le plan de Morbleue ne fonctionne pas, Mal-Lunée doit tout faire pour revenir se cacher ici avec les Coquins. Et nous aurons alors besoin de toi, Fantine, pour aller chercher de l'eau et des vivres à l'extérieur par le boyau d'aération. On ne peut pas risquer de te perdre en te laissant sortir…

Gobe-Mouches survole l'horizon du regard, un énorme sourire aux lèvres. Il aime se tenir droit en haut du grand mât, à se perdre dans l'infini de l'océan. C'est la première fois depuis le début de la traversée qu'on l'autorise

officiellement à faire le guet. Il arrive, certains matins, à l'aube, quand le capitaine dort encore, que Germain lui indique le mestre d'un rapide mouvement de la tête : « Un aller-retour. Tu ne t'attardes pas. Promis ? » Et Gobe-Mouches, le visage rayonnant, agrippe aussitôt le grand mât de ses deux mains, soulève ses jambes, plaque la plante de ses pieds le long du bois, et monte jusqu'au sommet sans s'arrêter, sous l'air éberlué du reste de l'équipage, qui lui envie son agilité animale.

Gobe-Mouches suit le canot qui s'avance dans la crique. À mesure qu'il le voit s'approcher de la plage de sable blanc, son sourire s'élargit. Il a *l'Invincible* pour lui tout seul. Deux heures durant, au moins !

Soudain, Coquet se met à aboyer. Gobe-Mouches lui avait pourtant fait promettre le silence en échange d'une liberté totale sur le pont. Qu'est-ce qui l'effraie, cette fois ? Même si le vent, qui vient de se lever, brave la surface des flots, aucune voile ne siffle, toutes ont été affalées le temps de jeter l'ancre. Gobe-Mouches scrute le gaillard d'avant et celui d'arrière, mais aucune trace du lévrier à l'extérieur. Et ses cris se poursuivent, plus perçants qu'à l'accoutumée, comme s'il appelait à l'aide. *Pourvu que ses jappements aigus n'atteignent pas le canot ! Et s'ils parviennent jusque-là, faites que le capitaine ne reconnaisse pas son chien !*

Gobe-Mouches quitte à regret son poste. Auparavant, une fois son gilet reboutonné, il accroche sa chemise au mât. Que ses manches volent au vent et donnent l'impression qu'il est toujours en place. Ce n'est pas parce qu'il ne sait ni lire ni écrire qu'il n'est pas dégourdi.

Coquet est planté devant la porte de la cabine du capitaine. Il grogne à l'arrivée de Gobe-Mouches. Il grogne et il gratte. Et il aboie, plus fort encore.

– Tais-toi, s'il te plaît ! Tu vas nous faire remarquer.

Coquet refuse de se laisser attraper. Il s'aplatit sur le plancher, essayant de passer son museau sous la porte, puis se redresse et aboie de nouveau.

Gobe-Mouches est intrigué. Visiblement, le chien veut qu'on lui ouvre la porte. Mais pourquoi ? Ça n'a pas de sens. C'est à la coquerie qu'il aurait dû aller, là où se préparent les repas. Hier soir, les officiers ont eu droit à du jarret de veau, il doit sûrement rester de l'os.

Coquet mord le bas du pantalon de Gobe-Mouches. Et il se remet à aboyer en direction de la porte. Le moussaillon hésite. Il a bien essayé d'abaisser la poignée, mais celle-ci est bloquée. Quand il regarde par le trou de la serrure, il aperçoit le lit du capitaine. Ce qui n'est pas normal. Le lit ne s'est jamais trouvé en face de la porte jusqu'à présent. Quelle idée étonnante de l'avoir déplacé ! Gobe-Mouches est le seul à rester vaquer sur le bateau quand ce dernier est à quai, en service d'entretien, entre deux expéditions. Il connaît le bâtiment par cœur. Il a rebouché des trous aux quatre coins de la coque.

Quand Gobe-Mouches se tourne vers le chien, il le découvre avec l'embout recourbé d'une pique, en travers de la gueule. Il a dû la trouver sur le pont, là où s'accumulent les armes en attente de réparation. Le moussaillon en demeure bouche bée. Coquet lui demande de crocheter la serrure ! Gobe-Mouches en est capable. Et d'ailleurs, ce serait le meilleur moyen d'ouvrir la porte sans l'abîmer.

Après une caresse à Coquet, Gobe-Mouches saisit l'embout et s'en sert pour déverrouiller la serrure.

Cinq minutes suffisent à son affaire.

Pourtant, même si l'accès est libre, Gobe-Mouches ne pousse pas la porte entrouverte. Il n'ose pas. C'est interdit. Mais Coquet a moins d'*a priori*. D'un coup de museau énergique, il écarte le battant en bois et pénètre dans la cabine.

Au lieu d'aboyer, il remue la queue en se précipitant vers un fauteuil cloué au sol. Un fauteuil sur lequel est assis un adolescent. Les yeux exorbités, ce dernier fixe Gobe-Mouches.

Il ne peut pas crier, il a été bâillonné. Il ne peut pas bouger, il a été attaché.

Personne ne savait qu'il était à bord. Pas même Gobe-Mouches qui connaît tout du bateau. De qui peut-il bien s'agir ? Et pourquoi Gonzalo de La Rábida le retient-il prisonnier dans sa cabine ?

Chapitre 5

– On aurait dit votre chien qui aboyait, tout à l'heure.

Felipe se doute qu'il ne peut s'agir de l'animal du capitaine. Si ça se trouve, ce n'était même pas des aboiements, éventuellement le cri d'un oiseau sauvage. Mais avoir la possibilité d'évoquer Coquet est une occasion à ne pas manquer. Felipe aimerait tant que l'adolescent s'excuse pour son geste abject. Au moins qu'il exprime une once de regret. De quoi redonner confiance à l'équipage, avant de débarquer au pied de ce volcan en activité.

– Enfin, Felipe, ne racontez pas n'importe quoi ! Mon chien avait un aboiement beaucoup plus viril que ça ! Et puis, cela voudrait dire qu'il aurait bravé les abysses, nagé à une vitesse supérieure à la nôtre pendant des jours, pour venir nous attendre précisément sur cette île. Et quoi, ensuite ? Se venger de moi ? Me dévorer jusqu'à la moelle ?

À peine a-t-il achevé sa tirade qu'un nuage cache le soleil et assombrit la surface de l'eau.

Gonzalo de La Rábida éclate de rire devant les mines consternées de son équipage. Eux aussi ont clairement entendu des cris qui ressemblaient à des aboiements. Et tous, sans exception, ont cru reconnaître Coquet. Ce qui, bien sûr, n'a aucun sens. Mais l'océan, parfois, vous réserve de drôles de surprises !

Prenant appui sur son premier lieutenant, Gonzalo se redresse et admire la plage de sable blanc qui n'est plus qu'à une centaine de pieds du canot. Son visage rayonne. Comme si ce qui se jouait, là, maintenant, allait radicalement changer le reste de sa vie.

– Conduisez-moi ce canot directement sur le sable. Je ne veux aucune goutte d'eau sur ma tenue. Je me dois d'être impeccable. La première impression est essentielle dans une relation amoureuse. En même temps, elle n'aura pas le choix, elle sera obligée de m'épouser, qu'elle me désire ou non, puisque ses parents en ont décidé ainsi.

Gonzalo ricane dans sa barbichette de trois poils, tandis que Felipe lève les yeux au ciel. Il ne comprend absolument rien à ce que raconte le jeune capitaine.

Germain bondit à l'eau, se mouillant jusqu'à la cuisse. Assisté de trois autres marins qui l'ont suivi par-dessus bord, il tire avec effort l'embarcation sur la plage.

– Nous y sommes, mon capitaine, déclare le timonier en tendant la main à Gonzalo de La Rábida, pour l'aider à sauter au sol.

– Vous n'y pensez pas ! Il n'est pas question que le moindre grain de sable infiltre mes souliers. Qu'on me porte jusqu'au chemin de terre !

Pendant ce temps, dans la cabine du capitaine, Gobe-Mouches jette des regards à l'adolescent ficelé au fauteuil. Cela doit faire un bon quart d'heure désormais que le moussaillon a crocheté la serrure et qu'il fait les cent pas dans la cabine du capitaine. Le prisonnier tente d'attirer son attention, en maugréant des sons inaudibles dans le tissu qui lui remplit la bouche. Il en a les larmes aux yeux à essayer de se faire comprendre, désespéré que le garçon ne vienne pas le libérer.

S'il avait été seul, Gobe-Mouches aurait aussitôt refermé la porte derrière lui, comme si de rien n'était. Aucune envie de provoquer la colère de Gonzalo de La Rábida. Mais Coquet refuse de quitter la pièce. Après avoir léché les bottes du prisonnier, l'animal s'est mis à mâcher la corde qui le retient au fauteuil. Comme s'il essayait de le détacher.

Gobe-Mouches a besoin de réfléchir. Apercevant un flacon rempli d'un liquide noir sur la table de travail, il se précipite dessus. Le moussaillon n'est pas gourmand. Et ça se voit, il n'est pas épais. Mais il adore le café. Celui qu'on sert aux officiers. Et peu importe que celui-ci soit froid. Ce petit réconfort lui éclaircira certainement les idées.

Sous le regard effaré du prisonnier, Gobe-Mouches verse trois cuillerées de sucre dans le flacon, remue tranquillement son contenu, avant de le porter à sa bouche… et de tout recracher !

Cette boisson, qui s'est répandue sur le sol, n'a pas du tout un goût de café.

Le prisonnier, qui a éclaté de rire devant la grimace de dégoût du moussaillon, manque maintenant de s'étouffer. Son visage passant du rouge au blanc, puis au bleu, en un instant.

Gobe-Mouches n'a plus aucune hésitation. Il se dépêche de débâillonner l'adolescent. Un peu pour lui éviter l'asphyxie qui le menace. Et beaucoup parce qu'il sait à présent qu'il peut lui faire confiance. Son rire spontané est le meilleur garant de son caractère. S'il avait été fourbe, il se serait retenu, ou il aurait adopté un air désolé, histoire d'attirer la sympathie de Gobe-Mouches, au lieu de risquer de le braquer en se moquant ouvertement de lui.

– Merci ! Merci ! réussit à articuler l'adolescent, tout en reprenant son souffle.

Gobe-Mouches, qui a défait le drap du lit du capitaine, s'en sert pour essuyer la bouche baveuse du prisonnier.

– Pourquoi tu as bu l'encre de Chine ?

Gobe-Mouches écarquille les yeux.

– Je croyais que c'était du café.

– En tout cas, Coquet a l'air d'apprécier. Il a pratiquement lapé tout le plancher, plaisante l'adolescent en pointant du menton le chien qui se lèche les babines.

Elles sont teintées de noir maintenant. Comme sa mâchoire.

Gobe-Mouches ne fait pas attention au maquillage improvisé de Coquet, il a mille questions à poser. Et il ne sait pas laquelle choisir en premier.

Le prisonnier a les traits tirés, mais il paraît en bonne santé. Il dévisage Gobe-Mouches avec bienveillance.

– Tu pourrais commencer par me demander comment je m'appelle.

Gobe-Mouches hoche la tête.

– Comment tu t'appelles ?

– Philibert. Je m'appelle Philibert. Et c'est de ma faute si nous débarquons sur cette île.

Tribord jette un coup d'œil au volcan. De la fumée noire continue de s'échapper du cratère. Des explosions sporadiques se répercutent sur les parois intérieures, puis s'échappent au-dessus de l'île, sous un ciel de plus en plus nuageux. Il s'agit de Vieux-Boucan qui frappe une plaque de cuivre à l'aide d'une masse. Pourquoi les marins ne craignent-ils pas ces explosions ? Pourquoi s'avancent-ils sur la plage comme si le volcan était endormi ?

Contrarié, Tribord n'arrive pas à allumer son feu. Ses mains tremblent. Le bâton qu'il tourne ne reste pas en place. Aucune feuille sèche ne s'enflamme. Et sans flamme, il ne pourra pas embraser la résine. À quoi bon avoir enroulé ces pierres de tissu imbibé, alors ?

Tribord panique. Les marins auront bientôt rejoint le chemin de terre.

Sans attendre une seconde de plus, il se lève, s'empare de l'une des pierres qu'il a préparées, et se dépêche de grimper au sommet d'un rocher. Puis, prenant deux pas d'élan, il la jette de toutes ses forces dans leur direction.

La pierre, qu'il n'a pas pu enflammer, roule de plus en plus vite. Elle rebondit de plus en plus haut. Sa course est incroyable ! La voilà qui décolle...

Et mince ! À une trentaine de mètres près, elle déboulait sur la plage. Il aurait dû viser plus à droite pour les effrayer et les faire reculer. Au lieu de ça, la pierre s'est enfoncée dans les broussailles, à côté du *Gîte*.

Trop tard ! Il est trop tard pour empêcher l'arrivée des marins.

Tribord a les larmes aux yeux. Il s'en veut. Il s'en veut de ne pas avoir été plus rapide.

Le garçon descend du rocher et s'approche au bord du vide. Il essaie de suivre du regard les membres de l'équipage, qui se sont engagés sur le chemin de terre.

– Alors, Felipe, toujours à douter de mes actions ?

Gonzalo de La Rábida et son premier lieutenant ont maintenant l'épave du *Gîte* en ligne de mire.

– Ce bâtiment m'a l'air plutôt en bon état, vous ne trouvez pas ? insiste le jeune capitaine, amusé.

Felipe ne peut que hocher la tête. L'autre poursuit sur le même ton méprisant.

– Pas du tout endommagé par le volcan tout près. Comme s'il était entretenu. Et vous avez vu, ces ouvertures qui ont été ajoutées ? Des fenêtres, assurément.

– Bon sang, Capitaine, arrêtez de me parler comme à un nigaud. Dites-moi plutôt ce que nous faisons sur cette île !

Gonzalo décide de ne pas s'offusquer de l'insolence de son premier lieutenant, pas peu fier d'avoir troublé son flegme habituel.

– Patience, Felipe ! Patience ! Bientôt, votre esprit embrumé y verra plus clair. Et je vous assure, j'accepterai vos excuses.

Une tape amicale dans le dos de son premier lieutenant et le jeune capitaine accélère le pas.

À part le volcan, qui tressaute au loin, la nature est d'un silence total. Aucun insecte ne bourdonne. Aucun oiseau ne vocalise. Aucun animal ne se fraie un chemin dans la végétation épaisse que les hommes de *l'Invincible* ont traversée avant de se retrouver sur cette étendue d'herbe rase, où sont répartis *le Gîte* et *l'Académie*. Les marins, troublés, se jettent des coups d'œil interrogateurs.

Seul Gonzalo de La Rábida ne se sent pas épié.

– Défoncez-moi cette porte ! ordonne ce dernier à Germain.

– Non, attends ! intervient Felipe, qui s'est avancé au-devant du timonier.

Et sans prêter attention au jeune capitaine, le premier lieutenant pose sa main sur la poignée et ouvre la porte, qui n'était pas fermée à clé !

Souriant franchement, Felipe s'écarte, se penche légèrement en avant et laisse passer Gonzalo de La Rábida qui, les lèvres serrées, se promet de lui faire payer son effronterie.

À l'intérieur de l'épave, quatre visages ahuris et une tête étonnée fixent la porte d'entrée. En l'occurrence, une vieille femme en tablier, trois enfants attifés et un perroquet perruqué.

– Felipe et Germain, avec moi ! Les autres, vous encerclez le bâtiment. Et surtout qu'on ne nous dérange sous aucun prétexte !

– Fermez la porte ! Vite ! Fermez la porte derrière vous ! gémit la vieille femme, qui s'est levée d'un bond, terrifiée.

– Calmez-vous, Madame ! Calmez-vous ! lui dit Felipe, en invitant Mal-Lunée à se rasseoir.

– Faites qu'*Elle* ne vous ait pas vus ! Faites qu'*Elle* ne vous ait pas vus ! répète cette dernière, en se recroquevillant sur sa chaise.

Absolument indifférent au désarroi de Mal-Lunée, Gonzalo regarde alternativement les deux filles. Puis, affichant un petit sourire en coin, il se dirige d'un pas décidé vers Morbleue, qui s'est couvert la tête avec les mains. Gonzalo croit qu'elle essaie de cacher son identité, alors qu'en réalité elle essuie tant bien que mal sa moustache, Flibuste s'étant rendu compte qu'elle l'avait toujours dessinée sur le visage.

– Mes hommages, jolie jouvencelle. Vous avez la chance de vous trouver en présence du capitaine Gonzalo de La Rábida. Pour vous servir. Je suis venu vous délivrer et vous ramener à vos parents. Ils sont impatients de vous retrouver.

Morbleue ouvre la bouche, mais ne répond rien. Elle a oublié le nom qu'elle s'était inventé. Leur plan est de passer pour des enfants d'aristocrates qui, ayant perdu la tête, ont été abandonnés sur cette île.

Mais au lieu de se présenter, Morbleue sourit bêtement.

Gonzalo lâche un soupir. Cette demoiselle n'a pas l'air très dégourdie. Elle reste là à le fixer, avec des yeux de merlan frit. *Après tout, je m'en fiche qu'elle soit gourde du moment qu'elle est riche. Et j'aurai tout le temps de lui apprendre à se laver. Elle a du noir plein la bouche.*

– Bonjour, je m'appelle Flouflou, déclare Flibuste en se levant. Puis secouant les bras, il ajoute : je suis une crevette qui aime danser la bourrée. Et voici Casse-noix, mon écureuil.

Cacatois manque de s'étrangler. Ce n'est pas du tout le nom qu'il avait choisi. Il hésitait encore entre Aigle Impérial ou Phénix Majestueux. Mais Casse-noix ? Pourquoi pas Presse-ail pendant qu'on y est ?

– Vous nous avez amené un orchestre ? enchaîne Flibuste.

– Pas tout à fait, répond le jeune capitaine, désarçonné par l'attitude pour le moins curieuse du garçon.

– Vous avez au moins pensé à mes soutanes ? demande Morbleue, qui a retrouvé son assurance, ragaillardie par le courage de Flibuste.

Gonzalo, ignorant son étrange question, l'interroge à son tour :

– Et vous, comment vous appelez-vous ? s'enquiert-il, la voix mielleuse.

Felipe profite de cet entretien pour apporter un verre d'eau à la soubrette qui transpire à grosses gouttes sous sa charlotte. Le visage blanc, cette vieille femme ne cesse de jeter des coups d'œil apeurés par la fenêtre.

– Je suis le pape Jean Bonfumé 1er, annonce Morbleue, en bénissant le capitaine.

Gonzalo de La Rábida, déstabilisé par cette réponse incohérente, se tourne vers Cayenne.

Bon, j'aurai préféré l'autre, mais celle-ci fera l'affaire.

– Et vous, chère adorable, comment vous appelez-vous ?

Cayenne dévisage Gonzalo sans rien dire. Comme elle ne sait pas mentir, elle est censée jouer les muettes.

Décidément, le climat de cette île les aura tous rendus abrutis, constate Gonzalo.

– Je t'ai demandé ton nom. Ce n'est pas sorcier comme question !

Cayenne, effrayée par la méchanceté du jeune capitaine, se tourne vers Morbleue, qui secoue la tête.

Elle se doute que sa camarade va révéler sa véritable identité. Mais Cayenne doit résister à cette envie, sinon elle risque de tout faire capoter.

Gonzalo, qui a surpris le jeu de regards entre les deux filles, approche son visage à quelques centimètres de celui de Cayenne.

– J'ai l'air gentil comme ça. Et je le suis. Souvent. Mais parfois, je m'agace. Et quand je m'agace, je ne suis pas gentil. Et là, que tu ne veuilles pas me donner ton nom, alors que je te le demande gentiment, m'agace. Infiniment.

Cayenne avale sa salive de travers. Gonzalo a plongé son regard noir dans le sien. La fille s'apprête à prononcer son vrai nom quand le jeune capitaine remarque le cordon de cuir qu'elle porte autour du cou.

– Vous permettez ?

Et sans attendre la réponse de Cayenne, Gonzalo tire sur le cordon et dévoile le pendentif de Fantine.

– Je m'appelle..., commence Cayenne, la voix hésitante.

– Inutile de me le dire. Ce bijou parle pour toi. Il appartient à l'Infante d'Espagne, n'est-ce pas ? Tes parents me l'ont décrit en détail.

Cayenne baisse la tête, tandis que Flibuste et Morbleue, qui ont reconnu le pendentif de Fantine, n'en croient pas leurs oreilles. C'est exactement ce que leur rabâche leur camarade depuis des années. À savoir qu'elle est l'Infante d'Espagne. Pas du tout la fille de Furoncle, le furieux pirate au visage brûlé.

– Il appartient à Fantine, répond Cayenne, qui est la seule à ne jamais avoir mis en doute la parole de son amie.

– *Fantine* qui est l'anagramme d'*Infante*, remarque Gonzalo, charmé que cette jeune princesse, plutôt petite pour ses douze ans, parle d'elle-même à la troisième personne.

Sûrement une habitude royale qu'elle aurait conservée pendant toutes ces années d'exil.

Cayenne hoche la tête.

– Et quelle est donc l'histoire de Fantine, s'il te plaît ? J'ai hâte de la découvrir, annonce le jeune capitaine, en pointant une chaise vide à Germain. J'ai tout mon temps, dit-il avant de s'asseoir.

Cayenne sourit malgré elle, soulagée de ne pas avoir à mentir. Et puis elle la connaît bien, l'enfance de Fantine. Comme elle était la seule à l'écouter, son amie s'est souvent confiée.

– En réalité, Fantine s'appelle Agnès.

– C'est bon, je sais comment vous vous appelez, s'impatiente Gonzalo.

Cayenne essaie de ne pas se déconcentrer. Elle pense très fort à Fantine.

– Alors qu'à l'âge de six ans, Agnès était en route pour rencontrer le Dauphin de France qu'elle devait épouser, leur convoi a été intercepté par des brigands, qui l'ont remise à Furoncle. Ce célèbre pirate avait commandité son enlèvement, après avoir perdu sa femme et sa fille dans l'incendie de son navire, lors d'un combat contre la marine espagnole. Furoncle voulait se venger en prenant la fille de ceux qui l'avaient privé de la sienne.

Gonzalo se détourne vers Felipe.

– Tout s'éclaire, maintenant ? Tu comprends l'importance de ce qu'on fait ici ? On vient sauver l'Infante de la famille d'Espagne !

Puis il fait signe à son premier lieutenant de s'avancer et de se baisser à sa hauteur. Et tout bas, à son oreille, il lui glisse :

– Celle qui occupe sa place en ce moment n'est qu'une figurante. Je le sais de par ma sœur qui travaille aux cuisines du palais.

Felipe hoche plusieurs fois la tête. Son admiration n'est pas feinte. Ce Gonzalo a réussi un exploit miraculeux. Et il va sûrement en être largement récompensé.

Le jeune capitaine éloigne Felipe d'un geste du poignet, puis s'adresse de nouveau à Cayenne.

– En échange de votre retour à la cour auquel ils ne croyaient pas une seconde, chère adorable, vos parents ont accepté de m'accorder votre main. Je suis votre futur époux. Voilà six ans que tu es partie chercher un mari que tu rencontres finalement aujourd'hui. Étourdissant, non ? Tu permets que je te tutoie, ma jolie ? Pour information, le Dauphin souffre de rachitisme. Tu as gagné au change, ma foi. Je ne t'offre peut-être pas la France, mais au moins, tu auras la vigueur.

Gonzalo apostrophe Felipe.

– Embarque-moi tout ce monde. Je suis sûr que les parents de ces enfants dérangés ont de l'argent. Pour me faire pardonner de t'avoir tu la véritable raison de notre expédition, je t'autorise à monnayer notre silence. À mon avis, s'ils ont exilé leur progéniture sur cette île, c'est qu'ils voulaient cacher leur condition. Et s'ils refusent de payer, tu pourras toujours partager avec le reste de l'équipage la somme que tu obtiendras en vendant leurs morveux comme esclaves.

– Non ! Non ! Ne sortez pas d'ici !

Le hurlement de Mal-Lunée est si puissant qu'il terrifie toute l'assistance, les Coquins compris. Au point que les marins postés dehors se précipitent à l'intérieur du *Gîte*, prêts à en découdre.

– *Elle* est là, qui rôde ! Je le sens ! Je la devine !

– De qui voulez-vous donc parler ? s'énerve Gonzalo qui, détestant qu'on le fasse sursauter, est près de gifler Mal-Lunée pour la calmer.

– De la Bête ! De la Bête ! vocifère cette dernière qui se lance à la fenêtre en brassant l'air autour d'elle.

Et profitant des nuages qui s'accumulent sur l'île, Mal-Lunée ajoute :

– Déjà *elle* noircit le ciel !

Cacatois n'aurait jamais imaginé que la vieille chouette sache aussi bien jouer la comédie. Il en a la chair de poule.

– C'est elle, qui vous surveille ? demande Felipe, sincèrement intrigué par la détresse de la soubrette.

Les Coquins, le regard à la fenêtre, hochent lentement la tête.

Gonzalo éclate de rire.

– Et cette bête qui vous surveille si bien, ne serait-ce pas un lévrier ? Avec des yeux rouges, des dents pourries, une haleine fétide ?

Les Coquins hésitent à répondre. Ils n'ont pas eu le temps de discuter entre eux de la forme de la bête. Une bête qu'on aurait déjà dû entendre hurler.

Mais que fait Bâbord ?

– Vois-tu, Felipe, il n'y a pas de bête sur cette île, mais un volcan, dont le grondement permanent, sans danger, suffit à éloigner les intrus.

Puis s'adressant aux Coquins :

– On vous a raconté des balivernes, les enfants, pour vous empêcher de sortir et de vous enfuir. Germain, emparez-vous de la vieille ! Je parie qu'elle est au service de leurs parents. Et n'hésite pas à l'étourdir si elle se débat !

Bâbord a beau souffler dans sa conque, aucun son n'en sort. Et pour cause. Celle-ci est à moitié brisée. À peine le garçon a-t-il déposé le coquillage à ses pieds, dans les broussailles, dissimulé à une dizaine de mètres du *Gîte*, qu'une pierre tombée du ciel s'est écrasée dessus. Un peu plus et il se la prenait sur la tête !

Bâbord devait utiliser cet instrument pour se faire passer pour la Bête en créant un son grave, au moment où Mal-Lunée se mettrait à s'agiter à la fenêtre du *Gîte*. Ce qu'elle n'a pas manqué de faire, mais Bâbord a soufflé dans le vide.

Et, maintenant, il assiste impuissant à l'enlèvement de ses camarades par les marins.

Bâbord sent son cœur se serrer à la vue du gringalet à collerette agrippant la main de Cayenne. S'il avait réussi à les effrayer, ces hommes auraient fui, c'est sûr.

Pourquoi emportent-ils les Coquins avec eux ? Peut-être qu'ils les croient vraiment fous et qu'ils ont décidé de les faire soigner ?

À ce moment-là, Gonzalo de La Rábida donne un coup de pied aux fesses de Mal-Lunée qui avance trop lentement à son goût. Ce qui n'amuse pas Bâbord. Au contraire. Les intentions de ces marins ne peuvent être que mauvaises.

– Je ne peux pas les laisser les emmener, panique le garçon. Il faut que je fasse quelque chose. Mais quoi ? Comment les délivrer sans aide ? Je n'ai aucune chance. Ils sont trop nombreux. Si seulement cette pierre ne m'était pas tombée dessus !

Soudain, Bâbord se rend compte que le projectile, qu'il pensait s'être détaché naturellement, est entouré de bandes de tissu, à demi cachées sous une couche d'épines de sapin. Quelqu'un aurait-il habillé cette pierre avant de la lancer ? Et si ce quelqu'un était son frère ?

Les jumeaux ne se voient pas d'où ils se tiennent. Des arbres interfèrent entre eux.

– Il faut que je lui demande s'il a d'autres pierres. Et s'il a le moyen de s'en servir pour détruire le canot et les empêcher de quitter l'île.

Aussitôt, Bâbord part à la recherche d'un endroit d'où il pourrait attirer l'attention de Tribord et communiquer par signes avec lui.

– Pourvu qu'il me voie !

Gobe-Mouches vérifie une nouvelle fois à travers la fenêtre de la cabine du capitaine que la plage est vide, que l'équipage n'est pas encore retourné au canot.

– Pourquoi tu ne veux pas me détacher ? lui demande Philibert. Je t'ai dit tout ce que je savais.

Peut-être, mais cela n'a pas rendu la situation plus simple pour Gobe-Mouches.

O.K., le moussaillon est au courant maintenant que Philibert est déjà venu aux abords de cette île deux ans auparavant, en compagnie de sa sœur. Et qu'au lieu de débarquer avec elle, il est resté caché sur le bateau pour repartir en mer avec les pirates qui les avaient conduits jusque-là. Du haut de ses douze ans, Philibert se croyait suffisamment intrépide pour vivre une année d'aventures sans en avertir ses parents, en les mettant devant le fait accompli. Mais voilà qu'au large du cap Horn, leur navire avait été coulé par la marine espagnole. Tous les pirates avaient été tués. Philibert ne devait son salut qu'à la présence d'esprit du cuisinier qui l'avait attaché à un mât, en lui disant de se faire passer pour un prisonnier.

Et cette astuce avait fonctionné. On l'avait libéré et conduit en Espagne.

Seulement, Gonzalo de La Rábida était présent pendant son interrogatoire sur le bateau. Et même si

Philibert, qu'on avait longuement questionné, avait juste déclaré que les pirates comptaient le déposer sur une île protégée par un volcan où ils l'auraient forcé à travailler aux champs, le futur capitaine en avait déduit de lui-même que cette île devait forcément abriter d'autres otages. Et que, parmi ces otages, il y avait, il en était certain, l'Infante d'Espagne.

Après avoir capturé Philibert dès que ce dernier avait mis le pied à terre pour qu'il lui indique coûte que coûte où se trouvait l'île au volcan, Gonzalo avait convaincu la famille royale du bien-fondé de son expédition secrète.

Sauf qu'il n'y a pas d'otages sur cette île. Et Philibert craint la réaction de Gonzalo quand il va s'en rendre compte. Peut-être se vengera-t-il alors sur Cayenne et ses camarades ?

Gobe-Mouches jette à nouveau son regard par la fenêtre et son visage blêmit d'un coup.

– Qu'est-ce qu'il y a, Gobe-Mouches ? Ils sont déjà de retour ?

Le moussaillon opine du menton.

– Et ma sœur ? Est-ce que tu vois ma sœur parmi eux ?

– Je vois une fille qui a les cheveux roux, comme tu m'as dit.

– Détache-moi ! Maintenant !

Gobe-Mouches est perdu.

– Je pourrais aussi fermer la porte, te laisser là et retourner sur le grand mât.

– Oui, tu pourrais. Mais à qui préfères-tu faire confiance ? À moi, qui suis prêt à risquer ma vie pour sauver celle de ma sœur ? Ou à ce capitaine qui a jeté son chien à la mer parce que ses aboiements l'incommodaient ?

Coquet, qui a compris qu'on parlait de lui, fait les yeux doux à Gobe-Mouches. Avant que son maître s'en débarrasse, il passait beaucoup de temps dans sa cabine. Et il aimait se mettre au pied du prisonnier qui, du bout de son soulier, lui caressait le flanc.

Gobe-Mouches, convaincu par l'animal, s'approche de Philibert et poursuit le travail de Coquet qui a commencé à desserrer les liens du bas, en tirant dessus.

– Qu'est-ce que tu comptes faire maintenant ? demande le moussaillon, en aidant Philibert à se tenir debout.

– Les empêcher de rembarquer !

– À l'aide d'un canon ?!

– Non, j'ai une meilleure idée ! Je détruis *l'Invincible* !

Et agrippant la chandelle qui brûle sur la table du capitaine, Philibert la balance au sol, directement sur le drap qui a servi à essuyer la bouche de Gobe-Mouches.

Un éclair d'horreur traverse aussitôt le visage de celui-ci.

– Jamais ! hurle le moussaillon, en se jetant sur le tissu de coton qui a pris feu.

Ce bateau, c'est sa vie. Il est hors de question de le couler. Hors de question ! Dût-il se battre avec Philibert !

Vieux-Boucan est essoufflé. Il vient de donner une dizaine de coups de masse dans la plaque de cuivre. Il a décidé de se reposer un bon quart d'heure avant de recommencer.

– Où est Fantine ? demande-t-il en rejoignant Damoiselle Frégate et Mal-Embouché dans le couloir.

Vieux-Boucan a un mauvais pressentiment. Il aurait dû refermer l'accès au trésor.

– Ne vous inquiétez pas, essaie de le rassurer Damoiselle Frégate qui a perçu l'angoisse du gardien. Même si elle le voulait, elle ne pourrait pas aller bien loin, la corde a rompu.

Vieux-Boucan hoche la tête. Et pourtant, il décide d'aller faire un tour du côté de la Galerie. Sous ses airs alanguis, il sait maintenant que Fantine est la plus intrépide des Coquins.

Et il a raison !

Sous l'ouverture du boyau d'où elle a chuté cette nuit est empilé un monceau de caisses en bois. De quoi permettre d'accéder directement à l'intérieur du conduit.

Et aucune trace de Fantine !

Elle a dû s'échapper en escaladant la paroi rocheuse à mains nues...

Chapitre 6

Si seulement Tribord avait pu disposer d'une catapulte !

Ou même d'une planche en bois qu'il aurait posée sur un tronc d'arbre renversé pour s'en servir de balancier. Peut-être qu'alors les deux pierres qu'il a jetées en direction du canot, sur les conseils avisés de son frère, auraient atterri dessus. Au lieu de rouler jusqu'au bout du chemin de terre et de s'arrêter dans le sable, au bord de la plage.

Il n'était pas nécessaire de détruire le canot, l'abîmer aurait suffi pour empêcher les marins de prendre la mer et d'embarquer Flibuste et les autres avec eux.

Tribord ne sert à rien, ici, en haut du volcan ! Mais son frère lui a vivement recommandé de rester à sa place. Il le croit plus utile à l'écart. Il se trompe.

Tribord se mord la lèvre, à la recherche d'une idée, mais rien ne vient. C'est tellement plus facile quand il s'agit d'améliorer les plans élaborés par Morbleue en cas d'invasion de l'île. C'est comme un jeu entre eux. Après, il les raconte à Flibuste, pour l'épater. Et le faire rire.

De penser à la joie de son ami calme Tribord.

Sa respiration ralentit, son cœur s'apaise...

– Je vais allumer un feu ! Pour plus tard. On ne sait jamais, si j'ai besoin à nouveau d'envoyer des pierres. Je pourrais alors les enflammer. Pourvu que Bâbord trouve une idée pour retenir les marins sur l'île !

Alors que Germain, dernier homme sur la plage, est sur le point de grimper dans le canot mis à l'eau, Gonzalo de La Rábida l'arrête dans son élan.

– Attends ! Il y a quelqu'un là-bas.

En effet, quittant le chemin de terre et s'engageant sur le sable, un enfant en chemise blanche et culotte courte se hâte dans leur direction en agitant les bras. Gonzalo se tourne vers Cayenne.

– Ma chère adorable, est-ce que tu connais ce garçon ?

Cayenne a tout de suite identifié Bâbord, alors même qu'il a rangé dans sa poche le bandeau qu'il porte autour de la tête. Elle est la seule de l'île à différencier les jumeaux. De près, comme de loin.

– Je t'ai posé une question, ma toute douce. Ce garçon, tu le connais ?

Cayenne opine du menton.

– Et dois-je lui tirer dessus ou est-il de bonne famille, lui aussi ?

– C'est mon aide, réplique Mal-Lunée. Il est né sur cette île, il ne vaut pas un clou. Et il n'est pas très habile non plus. Aucun intérêt à le tuer ou à le prendre avec vous. Le mieux est de l'ignorer.

La compagne de Mal-Embouché n'en revient pas de son audace. Mais la rage de s'être fait attraper comme une débutante la tourmente depuis tout à l'heure.

Gonzalo sourit à Mal-Lunée.

– Comment tu t'appelles, déjà, la vieille ?

– Zerbinette.

Les Coquins baissent tous les trois la tête. Cacatois aussi. Malgré la gravité de la situation, ce nom leur donne toujours envie de rire.

– Écoute-moi bien, Zerbinette. Je me fiche de ce que tu penses. Mes décisions, je les prends sans conseil.

Alors sache te taire et contente-toi de te faire oublier si tu ne veux pas finir pendue au grand mât.

Mal-Lunée frémit de colère.

– Bien, monsieur, dit-elle d'une voix humble, tout en se jurant qu'à la première occasion venue, elle lui tordra le cou.

– Qu'est-ce qu'il fait maintenant, à regarder le ciel ? s'énerve Gonzalo de La Rábida.

Bâbord a ralenti sa course, il marche désormais.

Dès qu'il a compris que les marins attendaient qu'il s'approche, le garçon a décidé de prendre son temps. D'autant plus qu'il ne sait pas encore ce qu'il va leur raconter pour les retenir sur l'île...

Pour un peu, Fantine se mettrait à pleurer. Elle était persuadée de retrouver les Coquins au *Gîte*. Mais l'épave est vide. Elle aurait dû s'en douter quand elle a remarqué au loin la porte entrouverte. Évidemment que les marins ont décidé de s'emparer des Coquins. Fous ou sains d'esprit, qu'importe, ils représentent une main-d'œuvre qui vaut de l'argent. Cayenne, Morbleue et Flibuste sont peut-être même déjà à bord de la caravelle.

– Il était nul, ce plan ! s'énerve Fantine, en donnant un coup de pied dans une chaise.

Ses pas la mènent dans la pièce d'eau. Malgré sa tristesse, refoulant sa colère, elle ne peut s'empêcher de se regarder dans le miroir. Fantine a déchiré son uniforme en escaladant le boyau. Son ascension s'est faite au prix de griffures sur les mains, d'égratignures aux joues. Elle est pleine de courbatures. Elle ne pensait jamais atteindre la lumière. Les derniers mètres, Fantine était si épuisée qu'elle était obligée de reprendre son souffle après chaque poussée, à attendre que se calme le tremblement des muscles raidis de ses bras et de ses jambes.

Fantine se passe de l'eau sur le visage puis, après s'être essuyé la peau, elle sort d'un fourreau attaché à sa ceinture un long poignard à lame fine.

– C'est de ma faute ! Tout est de ma faute ! Si je n'étais pas tombée au pied du boyau, Vieux-Boucan n'aurait pas eu besoin de me chercher dans la Galerie et il se serait occupé du feu. Son absence a joué contre nous, c'est sûr !

Fantine lève le poignard à hauteur de son cou.

On pourrait croire qu'elle veut se punir, en s'enfonçant ce stylet dans la gorge, par exemple, mais ce serait mal la connaître.

Un sourire vengeur éclaire soudain son visage.

Après avoir ramené ses cheveux en boule sur le haut de son crâne, elle glisse la lame pour les maintenir en place, tout en la dissimulant.

Tout n'est peut-être pas perdu, se dit-elle en allant chercher sa plus belle robe dans le coffre caché sous son lit.

Philibert n'en revient pas. La chance est de leur côté. Les marins ne se sont pas encore mis à ramer.

– Ils ont l'air d'attendre un garçon qui a surgi sur la plage, dit-il à Gobe-Mouches, qui ne peut plus bouger.

Ils ont combattu, tous les deux. Et c'est Philibert qui a eu l'avantage. Après avoir immobilisé Gobe-Mouches, il est parvenu à l'attacher sur le fauteuil, tandis que Coquet, qui avait compris le désarroi de son sauveur, se jetait sur le drap enflammé pour se rouler dessus. Ses poils ont noirci par endroits, ses yeux sont rouges à cause de la fumée, mais le lévrier a éteint ce début de feu. Et, maintenant, il aboie contre Philibert. Il n'aime pas que ces deux-là se fassent la guerre.

– Je ne peux pas accepter que tu coules *l'Invincible*. C'est impossible !

Philibert n'a plus que quelques secondes pour convaincre Gobe-Mouches de l'aider. Ce moussaillon connaît la caravelle comme sa poche. Il était à bord quand elle a été remise en état. Il sait où elle a été réparée. Là où elle est fragile. Il est en mesure de lui indiquer l'endroit où il faut frapper pour la détruire au plus vite.

– Écoute, Gobe-Mouches, j'ai bien conscience que je te demande un sacrifice énorme. Ce bateau, c'est ta vie. Mais je te propose mieux. As-tu entendu parler de La Viscère ?

Gobe-Mouches hoche la tête. Tout le monde connaît ce pirate, réputé pour vider les entrailles de ses ennemis.

– C'est ma mère.

– La Viscère est une femme ?

– Oui. Et je te promets que si nous vainquons ce Gonzalo, elle te prendra à son service pour m'avoir délivré. Tu feras partie de son équipage. Avec un poste rien qu'à toi. Tu seras reconnu à ta juste valeur. Tu auras une couche, un emploi et une famille.

Gobe-Mouches a mal au cœur, comme souvent quand des pensées contradictoires se bousculent dans sa tête. Il aime cette caravelle. Il n'a connu qu'elle. Bien sûr, il doit supporter qu'on se moque de lui constamment. Qu'on ne le considère pas comme un marin à part entière.

– Et puis surtout, poursuit Philibert, ma mère ne verra aucun inconvénient à ce que tu sois une fille. Au contraire, elle sera ravie d'avoir une jeune mousse à ses côtés.

Gobe-Mouches marque un temps d'arrêt.

– Comment tu l'as su ?

– C'était juste une impression que tu me confirmes.

Gobe-Mouches soupire, exaspérée. Philibert lui a tendu un piège et elle est tombée dedans.

– Je me bagarrais beaucoup avec ma sœur. Et tout à l'heure, quand nous avons combattu, ça m'y a fait penser. Elle avait souvent le dessus grâce à des prises inattendues. Je te rappelle que j'ai eu beaucoup de mal à t'immobiliser.

Gobe-Mouches est étonnée des sentiments qui l'assaillent. Un mélange de colère et de soulagement, où se glisse une joie étourdissante de pouvoir dire enfin, à haute voix :

– Oui, je suis une fille. Et à part le médecin qui m'a élevée sur ce bateau et qui est mort quand j'avais sept ans, tu es la première personne à le découvrir.

– J'ai vraiment envie que tu me racontes ton histoire. Elle paraît incroyable. Mais là, on n'a pas le temps. Alors, on la détruit cette caravelle ?

Un sourire immense traverse le visage de Gobe-Mouches. Elle hoche la tête.

– D'accord ! Direction la soute ! Mais avant, détache-moi !

Gonzalo de La Rábida frappe la poitrine de Felipe du revers de la main, puis il pointe du doigt Bâbord qui avance vers eux à petits pas.

– Va me le chercher, fissa ! Je suis pressé, j'ai un mariage royal qui m'attend. Et vu la tournure du ciel, un orage se prépare !

Cayenne est saisie d'un frisson. Non pas à l'idée de s'unir à cet imbécile de capitaine, mais en imaginant l'homme à moustache, répondant au nom de Felipe, faire du mal à Bâbord qui les a presque rejoints.

– Ne le brutalisez pas, s'il vous plaît. Il s'est toujours très bien occupé de moi.

Et Cayenne ne ment pas. Tous sur le canot croient qu'elle parle en tant qu'Infante d'Espagne, qui dirait du bien de son serviteur. Même Flibuste et Morbleue, étonnés, n'ont pas compris que leur amie disait la vérité.

Bâbord a toujours été là pour elle. Dès son arrivée sur l'île. Cayenne ne supporterait pas qu'il lui arrive quelque chose. Et ce sentiment, qu'elle ignorait jusque-là, lui réchauffe le cœur.

– Tu n'as rien à craindre de Felipe, ma chère adorable. Sous son allure de brute se cache un tendre, qu'on pourrait presque prendre pour un mou, parfois.

Le premier lieutenant, qui a mis pied à terre, ne se détourne pas. Le jeune capitaine l'épuise. Felipe oscille entre une certaine admiration à son égard et l'envie de lui briser le nez. Il faudrait que ça ressemble à un accident. Peut-être que, pendant le voyage du retour, un croche-pied innocent fera l'affaire. Si ce sot, en plus, se cassait une ou deux dents...

Felipe sourit en imaginant Gonzalo zozotant.

Ce sourire rassure Bâbord. Il comprend qu'il n'a rien à craindre du marin quand ce dernier l'attrape à la taille, le soulève dans les airs et le plaque contre sa hanche.

– Si tu te tiens tranquille, tout se passera bien.

Bâbord n'oppose aucune résistance.

La gorge sèche, il ne sait toujours pas ce qu'il va raconter pour les empêcher de reprendre la mer.

Aidé de Germain, Felipe glisse le garçon à l'intérieur du canot, devant Gonzalo de La Rábida, qui examine le jumeau de la tête aux pieds.

– Alors ? demande le jeune capitaine.

Bâbord avale difficilement sa salive.

– Qui es-tu et qu'est-ce que tu fais sur cette île ?

– Il s'occ...

– C'est à lui que je pose la question !

La réaction de Gonzalo est si vive qu'elle surprend tout le monde. Cayenne, interrompue, n'ose même pas fermer la bouche.

– Je t'écoute. Enfin, pour encore dix secondes. Passé ce délai, j'ordonnerai qu'on t'enterre vivant dans le sable.

Bâbord saisit le regard d'effroi de Cayenne. Il ne peut pas mourir. Il ne doit pas mourir. Son amie ne s'en remettrait pas. Déjà qu'elle a perdu son frère.

– J'ai un marché à vous proposer.

Gonzalo est si surpris par la remarque affirmée du garçon qu'il en éclate de rire.

– On a affaire à un audacieux !

Et reprenant un air sévère, il ajoute :

– Huit secondes. Il te reste huit secondes.

– J'imagine que vous connaissez le Comptoir de la Fesse Plate ?

Bâbord va jouer le tout pour le tout. Il va dévoiler un secret pour retenir les marins le plus longtemps possible sur l'île jusqu'à l'arrivée de leurs parents. Un secret d'une extrême importance. Un secret capital qu'on ne lui pardonnera jamais d'avoir révélé et qui signera l'arrêt de mort de tous ces marins quand ils l'auront entendu.

– Si tu envisages de m'indiquer où se trouve ce *Comptoir*, tu perds ton temps. Je le sais déjà. Et je n'ai aucune intention de m'y rendre. Je tiens à ma vie. J'imagine que tu voulais m'apprendre qu'un trésor inestimable se cache dans le fort ?

– C'est ce que tout le monde croit, répond Bâbord.

Morbleue, Flibuste, Cayenne et Mal-Lunée ont tous les quatre changé de couleur. Même Cacatois en a perdu son éclat. Non ! C'est impossible ! Bâbord n'a pas l'intention de divulguer le grand secret !

– Comment ça ? déclare Gonzalo, une pointe d'excitation dans la voix.

– Ce fort, protégé jour et nuit par une armada de canons et d'hommes en armes, ne contient aucune pièce d'or, pas un bijou, rien. Tous ses coffres sont vides. Car ce fort est un leurre. Le trésor, le vrai, est ici. Sur cette île. Et si vous relâchez vos prisonniers, je vous indique où il est.

À cette révélation, Gonzalo n'offre d'abord aucune réaction. Puis, lentement, il tourne la tête vers Cayenne. Si ce gamin lui raconte la vérité, se cache sur cette île une fortune si grande qu'elle lui permettra de vivre sa vie comme bon lui semblera. Sans être obligé de se conformer à ce qu'on attendra de lui s'il épouse cette princesse de sang royal. En possession de ce trésor, Gonzalo de La Rábida aura l'argent *et* la liberté.

Le jeune capitaine fixe Bâbord.

– Comment savoir si ce que tu m'annonces est vrai ?

Un éclair éblouissant cisaille le ciel noir.

– Capitaine ! Regardez ! On dirait que la proue de la caravelle s'enfonce ! s'exclame Germain.

Tous les yeux se braquent sur *l'Invincible* au moment où un crac énorme résonne à l'horizon. Au contact de l'eau, le mât de beaupré, pointant les flots à l'avant du bateau, vient de se briser en deux. Il n'y a pas de doute, *l'Invincible* est en train de couler, alors qu'éclate un premier coup de tonnerre.

Profitant de la confusion, Flibuste saisit Cacatois, lui enlève sa perruque, dénoue son jabot et lui ordonne de sauver ses plumes. Tout de suite !

Et tandis que le perroquet file dans les airs, *l'Invincible* se redresse à la verticale, sa coque se fissure en deux et l'océan l'engloutit...

Chapitre 7

Gonzalo de La Rábida scrute l'horizon, bouche bée. Incapable de détacher son regard de l'endroit précis où se tenait *l'Invincible* quelques minutes plus tôt. À sa place flotte un lit de débris : des bouts de voiles déchirées, des caisses de bois éventrées, quelques tonneaux, que le courant malmène au gré du vent.

Certains marins, même s'ils ont très vite compris que tout était perdu, ont sauté du canot pour nager en direction de *l'Invincible*.

Felipe n'arrive pas à effacer son sourire. Il n'est pas ravi de ce naufrage. Il est même plutôt inquiet pour la suite des événements. Mais tout ça ne vaut rien comparé à la curiosité mauvaise qui l'anime : comment va réagir Gonzalo ? Va-t-il se mettre à pleurer comme un gamin dont on aurait cassé le jouet ?

Le ciel est à nouveau clair. Les nuages ont commencé à se disperser dès la caravelle engloutie. L'orage semble s'éloigner. Il a claqué le temps du naufrage. Pas une goutte de pluie ne s'est déversée.

– Cessez de nager ! Ça ne sert à rien ! Revenez ici tout de suite ! hurle à tue-tête le jeune capitaine.

Et ce cri de rage, où se mêlent la colère, la panique, et la peur aussi, lui fait du bien. Il lui remet les idées en place.

– Dépêchez-vous ! Le dernier au canot recevra cent coups de fouet !

Un ultime éclat de tonnerre gronde derrière le volcan.

Cayenne, Flibuste, Morbleue et Mal-Lunée sont soulagés. Plus question de quitter l'île, maintenant. Mais ils ne sont pas pour autant sains et saufs.

Bâbord, lui, est dépité. À quelques secondes près, il aurait pu conserver son secret. Aucun besoin de révéler l'existence du trésor.

– C'est la Bête ! gémit Mal-Lunée. C'est forcément la Bête !

Autant profiter de cette opportunité pour faire diversion, se dit-elle.

– Toi, la vieille, tais-toi !

– Non, je vous assure. Cette île est maudite. Elle héberge une Bête qui prend la forme qu'elle veut. Elle peut être l'orage et couler votre caravelle. Un monstre marin qui viendrait nous dévo...

Mal-Lunée n'a pas l'occasion de terminer sa phrase. La claque monumentale que lui assène Gonzalo de La Rábida l'assomme sur le coup. Heureusement, Morbleue la rattrape au moment où la vieille femme tombe aux pieds du capitaine. Aidée de Flibuste, la fille couche Mal-Lunée sur leurs genoux.

Cet accès de violence a surpris l'entière assistance. Un silence lourd s'installe dans le canot. Les marins, qui reviennent à la nage, évitent de monter à bord, préférant attendre dans l'eau.

Gonzalo sourit à chacun, tout en haussant les épaules, comme un enfant pris en faute.

– Je lui avais dit de se taire. Elle n'avait qu'à m'écouter.

Puis, d'un ton agressif, le jeune capitaine s'adresse à Bâbord.

– Alors, ce trésor, il est où ?

– Il n'y a pas de trésor ! répond une voix féminine depuis la plage. C'était un piège que je vous ai tendu.

Comme tout le monde était concentré à observer l'horizon, personne n'a remarqué que Fantine rejoignait le canot.

Un sourire tranquille éclaire son visage innocent. Elle porte Cacatois sur son épaule. Quand ils se sont croisés sur le chemin de terre, tout à l'heure, le perroquet lui a tout raconté.

– Et à qui ai-je l'honneur ? demande Gonzalo de La Rábida d'un air hautain, alors qu'il a tout de suite compris qui était cette enfant au regard noisette troublant, à la chevelure d'un blond étincelant.

C'est l'Infante d'Espagne, bien sûr ! La vraie ! Et foi de pistoles, qu'elle est belle ! se dit le jeune capitaine.

– Vous savez très bien qui je suis, Monsieur. Quand je vous ai vu arriver au loin, bravant ce volcan qui peut se réveiller d'un moment à l'autre, j'ai aussitôt pensé que quelqu'un venait enfin me délivrer. Et si nous parvenions à déjouer la Bête et à quitter cette île maudite, je voulais être certaine, avant de partir en votre compagnie, que vous me mèneriez jusqu'à mes parents, plutôt que de me vendre au plus offrant en cours de route. Aussi, j'ai demandé à ma confidente de prendre ma place et à mon serviteur de vous tenter avec ce trésor. Pour savoir si ma vie valait plus qu'un tas de pièces d'or, à vos yeux. Mais, apparemment, votre caravelle a coulé avant que vous ne fassiez votre choix. Alors, Capitaine, qu'auriez-vous embarqué avec vous ? Agnès de Borbón, ici présente, ou le soi-disant trésor des pirates ?

Dommage que Mal-Lunée repose inconsciente sur les genoux rapprochés de Flibuste et Morbleue. Elle aurait adoré ce moment. Et forcément que son opinion vis-à-vis de Fantine, qu'elle trouvait un peu niaise et amplement prétentieuse, aurait changé. L'audace, le courage et la capacité à retourner la vérité de la gamine l'auraient éblouie, comme ils épatent les trois Coquins réunis.

Gonzalo de La Rábida est subjugué par la beauté d'Agnès de Borbón. Il ne parvient pas à la quitter des yeux. Même les égratignures qu'elle a au visage le séduisent.

– Je vais être honnête, chère Altesse Sérénissime. Avant de vous voir, j'aurais pu, peut-être, hésiter…

Et soudain, contre toute attente, le jeune capitaine met un genou à terre (enfin, sur le bois du canot) et, une main sur le cœur, il prête serment :

– Je vous jure que jamais je ne vous trahirai. Je vous jure que je vous ramènerai à vos parents. Et je vous jure, également, que je serai un mari convenable.

Fantine fixe Gonzalo dans le blanc des yeux. Puis, après un léger acquiescement du menton, elle l'autorise à se relever d'un mouvement gracieux du poignet.

– Alors, c'est entendu. Je vous suis.

Gonzalo de La Rábida explose de joie. Puis, très vite, son visage s'assombrit.

– Nous n'irons pas loin avec ce canot. Nous sommes coincés sur cette île.

Fantine laisse échapper un gloussement.

– Pourquoi riez-vous ? se vexe le jeune capitaine.

– Parce que je crains que vous ne me preniez pour une écervelée.

– Pas du tout ! réplique Gonzalo, soucieux de bien se faire voir de la belle Agnès.

– J'ai bien noté que votre caravelle avait coulé et pourtant je vous ai dit : « Je vous suis ».

– Oui. Et alors ?

– Et alors je ne prononce jamais de paroles en l'air. Si je peux vous suivre, c'est parce que je dispose d'un bateau. Enfin, l'île dispose d'un bateau.

– Comment ça ?

Cayenne, Morbleue et Flibuste n'en reviennent pas. Ils ont l'impression d'être au spectacle. Que va-t-elle inventer, maintenant ? Elle ne compte tout de même pas mentionner l'embarcation qu'ils sont en train de construire en cachette. Ils ont à peine commencé à bâtir la coque !

– Il y a, au bout de cette plage, une grotte étroite qui s'ouvre sur l'océan. On y accède en empruntant une porte métallique masquée par un rideau végétal. Derrière cette porte, un passage d'une trentaine de mètres débouche en surplomb sur un brick, retenu en face d'une rampe en pente douce, creusée dans la roche. Il suffit que votre équipage descende à l'eau ce voilier achalandé et nous pourrons quitter cette île sans tarder. La Bête n'abandonne jamais.

Fantine vient de décrire la Sentine. Sauf qu'elle a menti en parlant d'une ouverture sur l'océan, d'un bateau qui attendrait d'être mis à flot. Dans cette grotte obscure et glaciale, qui servait d'entrepôt autrefois, il n'y a que des rats et des araignées au bout du passage.

Morbleue croise le regard de Fantine. Elle a compris ce qu'elle manigance. L'idée de sa camarade est d'entraîner tous les marins à la Sentine et de les y enfermer jusqu'au retour de leurs parents !

– Chère Agnès, pour commencer notre voyage, c'est moi qui vous suis, finalement, plaisante Gonzalo de La Rábida, qui se prosterne devant l'Infante d'Espagne, tout en balayant l'air sous son nez à l'aide d'un chapeau imaginaire.

Cette révérence ridicule aurait fortement déplu à Damoiselle Frégate.

Puis, offrant son bras à Fantine, le jeune capitaine propose de l'escorter jusqu'à la grotte.

Mal-Embouché ne supporte plus d'être enfermé dans ce couloir. La pénombre l'incommode. Il a eu beau s'installer au pied d'une torche embrasée pour lire son *Traité sur les plantes* d'Aristote, la flamme vacillante lui fatigue les yeux. Et puis, surtout, il enrage de patienter ici, dans le volcan, à ne rien faire à part ajouter des bûches dans le feu ou frapper la plaque de cuivre.

– À choisir, je préfère sauver les Coquins que ce trésor. Ils n'ont pas de prix, eux, dit-il en se levant d'un bond.

Et sans attendre la réaction de Vieux-Boucan ou de Damoiselle Frégate, cet homme efflanqué se dirige vers l'entrée du couloir.

La préceptrice jette un regard épaté au gardien du trésor.

– Il ne parle pas souvent, mais quand il s'exprime, ça vaut le détour.

– Tu penses qu'il a raison ? l'interroge Vieux-Boucan.

Damoiselle Frégate hoche lentement la tête.

– Je crois que leurs parents auraient fait le même choix que lui. Après tout, ce trésor n'a d'intérêt que s'il revient à leurs enfants.

Se donnant la main, Vieux-Boucan et Damoiselle Frégate s'aident mutuellement à se relever, puis ils retrouvent Mal-Embouché qui les attend. Il se doutait que ses deux amis ne manqueraient pas de se joindre à lui. Au moins pour l'assister dans l'ouverture de la lourde porte de pierre.

Une fois dehors, et l'accès au volcan camouflé, Vieux-Boucan, Damoiselle Frégate et Mal-Embouché se dépêchent d'aller voir si le navire est toujours là.

– Elle a disparu ! La caravelle a disparu ! se réjouit Damoiselle Frégate.

– Ils auraient fait demi-tour ? s'étonne Vieux-Boucan.

– Pour avoir totalement quitté notre horizon, il faudrait qu'ils soient partis depuis un moment. Et si c'était le cas, les Coquins auraient eu largement le temps de nous tenir au courant.

– Enfin, Mal-Embouché, qu'est-ce que cela signifie ? demande Damoiselle Frégate, qui a très bien saisi où il veut en venir.

– Peut-être que si les Coquins ne sont pas là, c'est qu'ils sont à bord de la caravelle ?

Le visage livide, Damoiselle Frégate fixe Mal-Embouché.

– Je crois que je préfère quand vous ne dites rien.

Et, relevant sa robe, la préceptrice se met à courir en direction du *Gîte*.

– Tais-toi ! Tu vas nous faire repérer.

Gobe-Mouches, Philibert et Coquet sont un peu à l'étroit dans ce tonneau que les vagues entraînent vers la plage. Les deux adolescents n'en reviennent pas d'être toujours vivants. Quand *l'Invincible* a sombré subitement, la force de l'eau qui s'engouffrait brusquement dans la cale où ils se trouvaient les a éjectés par la trappe, assommant Philibert au passage. C'est grâce à Coquet, qui a happé le bras du jeune homme et ne l'a pas lâché jusqu'à ce qu'ils atteignent la surface de l'océan, que Philibert est en vie. Et grâce aussi à Gobe-Mouches, qui avait eu la présence d'esprit de s'accrocher à un tonneau.

– S'il te plaît, n'aboie pas ! s'impatiente Philibert.

Depuis que Coquet a repéré au loin son ancien maître sur la plage, il grogne, la queue droite.

Gobe-Mouches tente de l'apaiser en lui caressant les flancs, tout en le ramenant à l'intérieur du tonneau. Contrairement à l'adolescent, la jeune mousse lui parle d'une voix douce :

– Calme-toi... Calme-toi... Ce Gonzalo ne vaut pas la peine que tu t'énerves.

Le tonneau s'immobilise enfin.

– Ça y est, on est sur le sable, annonce Philibert, en se redressant lentement.

Mais Coquet est plus rapide que lui. Prenant appui sur l'épaule de l'adolescent, l'animal saute par-dessus bord. Gobe-Mouches essaie de le retenir, mais la queue du chien qu'elle a réussi à agripper d'une main lui glisse entre les doigts.

Les deux jeunes sortent la tête du tonneau et, craignant de se faire repérer en rappelant Coquet, ils suivent sa course en direction du groupe de marins qui s'éloigne à l'autre bout de la plage.

– Qu'est-ce qu'on fait, maintenant ? demande Gobe-Mouches.

Philibert hausse les épaules, puis soupire.

– Tout n'est peut-être pas perdu. Fouillons discrètement les débris éparpillés autour de nous. On ne sait jamais, on trouvera peut-être une arme, de quoi se défendre... ou même les attaquer !

Cacatois donne un coup de bec à l'épaule de Flibuste. Ce dernier, perdu dans ses pensées, ne s'est pas aperçu qu'il partait sur le côté. Le garçon est inquiet. Même si Fantine semble mener par le bout du nez Gonzalo de La Rábida, comment compte-t-elle enfermer tous les marins dans la Sentine ? Ils vont forcément vouloir que les Coquins les accompagnent à l'intérieur de la grotte.

– J'ai un service à demander à mon futur époux.

Fantine s'est arrêtée.

– Si c'est un baiser, qu'elle se rassure, je suis volontaire, répond Gonzalo de La Rábida qui, d'une main levée, ordonne à son équipage de faire halte.

– Bientôt ! minaude Fantine, en lui posant son index sur le bout du nez. Dès que nous voguerons, je vous offrirai mon poignet. Et quand mon pays sera en vue, vous aurez ma joue. Mes lèvres seront pour vous le jour de notre union.

Gonzalo frissonne à l'idée de la serrer dans ses bras.

– Non, cher ami, ce que je désirerais, poursuit Fantine, c'est qu'une fois la grotte en vue, vous m'autorisiez à aller chercher mes affaires personnelles. Je possède un coffre d'habits que mes serviteurs pourront porter, ainsi que deux boîtes à bijoux dont mes suivantes prendront soin.

Si Fantine ne mentionne pas Mal-Lunée, c'est que cette dernière est restée dans le canot. Malgré de l'eau jetée au visage, elle ne s'est pas réveillée. Et Gonzalo n'avait pas envie d'attendre que « cette vieille bique » retrouve ses esprits pour se rendre à la grotte.

– Peut-être, répond Gonzalo. Mais je trouve que c'est beaucoup exiger de moi. Pourriez-vous au moins m'autoriser à vous baiser le front ?

Si Fantine sourit, tout en demandant à Gonzalo d'être patient, Felipe, lui, lève les yeux au ciel. Agacé par la niaiserie du capitaine, le premier lieutenant est à deux doigts de prendre le contrôle de l'équipage, certain que tous les marins le suivraient. Et alors qu'il regarde vers le canot pour cacher son irritation, il aperçoit une forme sombre courir dans leur direction.

– Felipe, je te charge d'accompagner ma douce tout à l'heure. Tu veilleras à ce qu'elle ne m'échappe pas, plaisante, à moitié, Gonzalo de La Rábida.

Mais Felipe ne répond pas.

– Felipe ?!

Le premier lieutenant est intrigué par la boule noire qui s'approche d'eux à vive allure. Il n'arrive pas à savoir de quel animal il s'agit. Plus rapide qu'un cheval, mais à peine plus haut qu'un sanglier, avec une gueule énorme pour un tout petit corps...

Felipe, sans même s'en rendre compte, s'est mis à reculer, lentement, pour ne pas attirer l'attention sur lui. D'instinct, les Coquins et les marins se sont regroupés, ne formant plus qu'une masse compacte, derrière Gonzalo de La Rábida qui n'a pas bougé d'un pouce, hypnotisé par cette chose qui progresse droit vers lui. Les marins pensent immédiatement à la Bête décrite par Mal-Lunée. Se pourrait-il qu'elle existe vraiment ?

L'animal court de plus en plus vite. Il grogne. Il gronde. Et quand, à quelques pieds de son maître, il secoue la tête pour se débarrasser d'un bouquet d'algues qui s'étaient coincées entre ses oreilles, tout l'équipage reconnaît Coquet !

Ou à peu près. Car le chien à l'arrêt a beaucoup changé. On le dirait sorti tout droit des entrailles de l'enfer avec ses dents noires, ses yeux rouges et ses poils brûlés. Il n'a plus rien du lévrier délicat qui sursautait au moindre claquement de voiles.

Au moment où Coquet, animé d'une fureur vengeresse, se jette sur Gonzalo qui a porté la main à son étui mais le découvre vide, tous les marins se mettent à hurler en chœur, avant de s'enfuir dans tous les sens.

– À la grotte, vite, tout de suite ! ordonne Felipe en attrapant le poignet de Fantine.

Pendant que les Coquins et une douzaine d'hommes les suivent, d'autres s'échappent en direction du chemin de terre. Bâbord, lui, s'immobilise et forme des figures étranges avec les bras.

Cayenne, qui s'est retournée pour s'assurer de la présence de son ami derrière elle, l'interpelle.

– Bâbord, qu'est-ce que tu fais ? Dépêche-toi !

– J'arrive. J'arrive tout de suite.

Et alors que Gonzalo empoigne les pattes avant de Coquet qui essaie de lui croquer la gorge, Bâbord continue ses mouvements en direction du sommet du volcan.

Quand Cacatois ouvre les yeux, il est à quelques mètres du canot.

– Foi de vieux hibou ! Qu'est-ce que je fiche là ?

Comme les autres, le perroquet a fui l'attaque de Coquet, mais en volant, les yeux fermés de trouille !

– Au moins, je vais pouvoir me cacher.

– Pousse-toi de là, tas de plumes ! Tu me gâches la vue !

Mal-Lunée a jailli du canot, la dague de Gonzalo à la main. Elle se tient prête à lancer sa lame sur le jeune capitaine, au cas où il prendrait le dessus sur Coquet. Pour l'instant, les deux roulent sur le sable, l'un essayant d'étrangler la bête, quand l'autre cherche à mordre de l'oreille humaine.

– Tu t'es enfin réveillée, la vieille ? ose balancer Cacatois, en se posant à l'extrémité de l'embarcation, le plus loin possible de Mal-Lunée.

– Je n'ai jamais dormi ! J'ai fait semblant. T'as pas compris que je l'ai énervé pour qu'il vienne vers moi et que je puisse lui tirer sa lame ? T'as vraiment une cervelle de moineau pour un perroquet !

Comme Cacatois ne répond pas à l'insulte, Mal-Lunée se tourne vers l'oiseau qui, discrètement, pointe l'une de ses ailes derrière elle.

– Donnez-moi cette dague. Tout de suite ! Sinon je vous dérouille la tête !

Occupée à observer le duel entre Gonzalo et Coquet, Mal-Lunée n'a pas vu Gobe-Mouches et Philibert s'approcher.

– Je ne le répéterai pas deux fois ! articule Gobe-Mouches, un sabre à la main, en prenant un air le plus menaçant possible. Pas question que vous tuiez mon chien !

– C'est quoi, ça ? réagit Philibert, qui vient d'apercevoir une pierre en feu atterrir au bout du chemin.

– Votre chien ? s'étonne Mal-Lunée, qui souhaite franchement que ces gamins ne soient pas des ennemis, car elle n'hésitera pas à les trucider pour sauver sa peau.

Philibert, qui connaît Mal-Lunée de réputation, décide de clarifier la situation au plus vite.

– Nous sommes avec vous. Elle, c'est Gobe-Mouches, elle vit sur *l'Invincible*, elle n'est pas au service de l'autre fou. Moi, c'est Philibert, je suis le frère de Cayenne.

Cacatois ouvre grand les yeux. Et son cœur, sans prévenir, s'émeut que ce dernier soit vivant. Le perroquet pense immédiatement à Cayenne et à la joie qui l'attend.

Qu'est-ce qui m'arrive ? se dit Cacatois. *Je deviens sensible. Quelle horreur !*

– Comment je sais que c'est vrai ? Que ce n'est pas une ruse pour m'amadouer ? demande Mal-Lunée.

Pendant ce face-à-face, des pierres enflammées continuent d'atterrir au bout du chemin de terre. Et Bâbord, qui a pris le risque de rejoindre les marins qui partaient en direction du *Gîte*, en profite pour leur crier :

– Le volcan se réveille ! Le volcan se réveille ! Allez à la grotte, c'est plus sûr.

La grotte n'est plus qu'à une trentaine de mètres de Felipe, Fantine et le reste du groupe qui n'ont pas cessé de courir, tandis que Gonzalo et Coquet, toujours agrippés l'un à l'autre, roulant sur le sable, se rapprochent de plus en plus près du canot.

– Comment s'appelait votre servante quand vous viviez à Paris avec ta frangine ? demande Cacatois, qui veut en finir au plus vite avec cette vérification d'identité ridicule.

– Zerbinette. Pourquoi ? répond Philibert.

À cela, Mal-Lunée ne répond pas. Elle saute du canot, avec une certaine agilité malgré son poids et son âge. Et, sans donner aucune explication, elle se dirige à pas pressés vers Gonzalo et Coquet, sous le regard stupéfait des trois autres. Puis, une fois à leur hauteur, elle frappe d'un coup sec l'arrière du crâne du jeune capitaine avec la crosse de son arme.

Gonzalo s'écroule immédiatement.

Coquet, déstabilisé par l'immobilité soudaine de son maître, paraît presque déçu par l'arrêt brutal du combat.

Il détaille Gonzalo sans savoir quoi faire. Le mordre ou s'en aller ? Finalement, le chien s'avance jusqu'à son visage. Et, après avoir remarqué l'air niais de son maître qui, assommé, repose sur le dos, la bouche ouverte, il lève la patte et arrose le capitaine.

Chapitre 8

Felipe ouvre d'un coup sec la porte métallique de la Sentine, puis il se tourne vers Agnès de Borbón.

– Après vous, ma jolie.

– Attendez, voilà les autres ! crie, soulagée, Cayenne qui n'a cessé de regarder derrière elle, en direction de Bâbord, tout en suivant le groupe à la grotte. Elle était prête à rejoindre son ami quand il s'est enfui vers le chemin de terre, mais la présence de Germain à ses côtés l'en avait dissuadée.

Les membres de l'équipage découvrent alors avec effarement le spectacle qui se déroule sur la plage. Entre les jets de feu du volcan déboulant sur le sable et ce chien démoniaque qui semble dévorer le cœur de leur capitaine, rien ne les retient plus ici. Et s'ils croient tous distinguer d'autres formes animales évoluer entre les débris de leur caravelle, aucun n'a envie de savoir de quoi il s'agit.

– Où vas-tu comme ça ? s'énerve Felipe, en agrippant le bras de Fantine qui s'est écartée sur le côté.

– Il faut absolument que je récupère mes parures.

– Il est trop tard pour cela !

– Je ne partirai pas sans mes toilettes ! insiste Fantine.

– Je peux l'accompagner, propose Germain.

Sans attendre la réponse du premier lieutenant, Fantine s'adresse aux autres Coquins :

– Suivez-moi ! Et sans traîner, s'il vous plaît !

Felipe sent la tension gagner l'équipage qui, visiblement, se fiche pas mal de l'Infante d'Espagne et de ses frusques, mais cherche plutôt à fuir au plus vite cet endroit infernal. Il relâche Fantine et saisit Cayenne à la place.

– Tu connais la grotte, toi aussi ?

L'enfant acquiesce.

– Eh bien, je te garde avec moi. Tu nous montreras le chemin. Allez, on est partis ! ordonne Felipe, en poussant Cayenne devant lui.

Morbleue, Flibuste, Fantine et Bâbord se lancent des regards effrayés.

– Ne vous inquiétez pas, leur dit Cayenne, d'un ton assuré. Ne vous inquiétez surtout pas pour moi.

Le plus étonnant, c'est que leur amie, qui ne sait pas mentir, termine sa phrase en leur souriant, avant de s'enfoncer à l'intérieur de la grotte, suivie de près par Felipe et tout l'équipage… à l'exception de Germain.

– Cela devrait nous suffire, déclare Philibert en montrant à Gobe-Mouches les morceaux de cordes qu'il a dénichés parmi les débris.

– J'ai un bout de voile aussi, répond la jeune mousse.

Et après avoir jeté un coup d'œil à l'extrémité de la plage où ont disparu brusquement les marins, tous les deux se redressent, en se massant le dos. Circuler à quatre pattes entre les restes de *l'Invincible*, sans se faire repérer, les a épuisés.

Ils rejoignent Mal-Lunée assise à côté du corps allongé de Gonzalo, en compagnie de Coquet, blotti en boule contre sa cuisse. Tandis qu'elle caresse tranquillement le chien, Cacatois s'amuse à sautiller sur le capitaine, tout en vérifiant du coin de l'œil qu'il n'est pas sur le point de se réveiller.

– On le saucissonne vite fait, bien fait, et ensuite on le roule jusqu'au canot, détaille Philibert à Gobe-Mouches, qui approuve d'un mouvement sec du menton.

Aussitôt proposé, aussitôt exécuté.

Mal-Lunée les observe sans les aider. Une fatigue immense s'est abattue sur elle. Elle sait qu'elle devrait se lever, courir à la Sentine, tenter de sauver les Coquins, mais son épuisement est total. Elle n'a même pas la force de chasser Cacatois, qui vient de se poser sur son épaule. Un coup de tête bien senti, pourtant, suffirait à l'éjecter. Mais non. Elle le laisse là, à deux centimètres de son oreille.

– O.K., le piaf, tu peux rester, mais tu respires moins fort, s'te plaît ! J'ai l'impression que tu vas clamecer à chaque expiration.

Profitant que Gobe-Mouches roule Gonzalo sur le sable comme une barrique, Philibert aide Mal-Lunée à se mettre debout.

– Nous allons le flanquer dans le canot. Vous pourriez le surveiller pendant qu'on part chercher ma sœur et ses camarades ?

Mal-Lunée hoche la tête.

Elle aimerait lui dire que les Coquins ont pris la direction de la Sentine. Qu'ils vont sûrement essayer d'y enfermer les marins. Que la porte se cache derrière... Mais déjà Philibert a rejoint Gobe-Mouches. Et le temps qu'elle arrive au canot, avec Coquet sur les talons, les deux adolescents ont filé vers la grotte.

– Où tu vas ? demande Mal-Lunée à Cacatois qui s'envole.

Mais le perroquet ne l'entend pas. Il vient de penser à une chose importante. Très importante. Et il n'a pas une minute à perdre. Sans lui, les Coquins ne pourront pas réussir leur plan. Même s'ils parviennent à tromper l'ennemi !

– Je refuse de paniquer, je refuse de paniquer, je refuse de paniquer, se répète en boucle Damoiselle Frégate depuis qu'avec Mal-Embouché et Vieux-Boucan, ils ont trouvé *le Gîte* vide.

Mais c'est faux. La préceptrice est affolée, au point d'avoir accepté de prendre le raccourci suggéré par Mal-Embouché pour atteindre au plus vite la Crique du Pendu. Elle n'a pas eu une seule pensée pour sa robe et les taches qu'elle accumule en s'accrochant à la végétation touffue.

Soudain, Mal-Embouché, qui mène l'expédition, s'immobilise et leur ordonne de se taire. On entend des voix à quelques mètres d'eux. Tous les trois baissent la tête et tentent d'apercevoir d'où elles proviennent, à travers les branches. Le même sourire de soulagement fend leur visage quand ils découvrent, marchant activement l'un derrière l'autre, Fantine suivie de Morbleue, puis de Bâbord, et enfin de Flibuste. Un sourire qui se fige quand apparaît, en dernière position, Germain.

Au même moment, Flibuste, lui, est à nouveau perdu dans ses pensées. Il se demande (comme ses camarades) comment ils vont bien pouvoir maîtriser cet adulte au cou épais, aux bras musclés, aux doigts démesurés. Et occupé à trouver une idée, sans Cacatois sur son épaule pour le ramener à la réalité, Flibuste ne voit pas la racine qui affleure au ras du sol et se prend le pied dedans.

Vieux-Boucan était sur le point de s'engager à la rencontre des Coquins quand Flibuste s'écroule sur le chemin. Et alors que Mal-Embouché retient le gardien du trésor, Germain, surpris par la chute de Flibuste, bute contre son corps, bascule par-dessus lui, pour atterrir la tête la première sur les mollets de Bâbord, qui trébuche à son tour. Morbleue, sans hésiter, se jette sur Germain au moment où il s'appuyait sur ses mains pour se relever. Aussitôt, elle lui attrape un bras qu'elle retourne dans son dos, puis le second dans la foulée, pour le bloquer au sol, tout en s'asseyant sur lui. Comme Germain s'apprête, d'un coup de rein, à éjecter la Coquine dans les airs, Fantine lui plaque l'oreille contre terre tandis que Bâbord immobilise ses chevilles.

Flibuste, qui a eu le temps de se relever, récupère le bandeau de Bâbord et l'enroule autour des genoux de Germain. Ce dernier, les jambes bloquées, se met à se tortiller dans tous les sens, mais Morbleue tient bon et remonte au maximum les bras du timonier, qui hurle de douleur.

Mal-Embouché agrippe toujours Vieux-Boucan qui, pourtant, demeure pétrifié de stupeur. Il n'aurait jamais imaginé les Coquins aussi prompts à réagir, aussi habiles à se compléter, défiant leur peur. Car ils sont effrayés, ça se voit.

Et, malgré cela, Fantine, blanche comme un lys, maintient d'une main la tête au sol de Germain qui essaie de la mordre, tout en tirant un poignard caché dans sa chevelure.

– Arrête de bouger ou je te perce la joue !

La voix de Fantine n'est pas sûre, mais la pointe de la lame sur la peau de Germain, elle, est bien réelle.

Flibuste, livide, lui aussi, profite de l'interruption des soubresauts de Germain pour agripper l'un de ses bras et soulager ainsi Morbleue.

La frayeur est là, également, quand Bâbord, haletant, défait sa ceinture et réussit, après plusieurs essais, à lier ensemble les deux mains de Germain.

En moins de cinq minutes, les Coquins, sans se concerter, ont maîtrisé le timonier. Et après s'être éloignés de lui pour constater le résultat de la combinaison de leurs efforts, ils rient nerveusement quand le marin se met à ramper comme une chenille pour tenter de leur échapper.

Mais ils ne peuvent pas s'empêcher de hurler en chœur quand Vieux-Boucan surgit des fourrés, suivi de Mal-Embouché et de Damoiselle Frégate.

– Pardon ! Pardon, les enfants ! s'excuse la préceptrice. Nous ne voulions pas vous affoler.

Puis Damoiselle Frégate, le rouge aux joues, les yeux brillants, se jette sur eux pour les enlacer tous en même temps, laissant à ses deux collègues le soin de s'emparer du marin…

Cayenne ne doit pas crier. Même si elle est certaine que les petites sensations qui lui démangent le crâne sont l'œuvre d'une araignée qui vient de se poser sur sa tête. Ou deux. Ou peut-être trois. Des araignées bien grasses qui descendent le long de sa nuque.

Dès son entrée dans la grotte tout à l'heure, Cayenne a accéléré le pas. Et Felipe, comme les marins, l'ont suivie. Mais ils n'ont pas été assez rapides, ralentis par l'obscurité qui s'intensifiait dans la Sentine. Cayenne avait un plan. Avancer suffisamment loin pour qu'ils ne la voient pas se réfugier dans ce trou qu'elle a repéré durant sa dernière visite.

Chaque fois qu'un Coquin commet une grosse bêtise, Mal-Lunée l'accompagne à la Sentine. Le déroulement de la punition est toujours le même : Mal-Lunée guide le Coquin, une bougie à la main, jusqu'à la pièce sur laquelle débouche le long passage. Ensuite, elle s'en va rapidement, avec la bougie, abandonnant le Coquin dans le noir. Celui-ci doit revenir seul à la porte d'entrée restée ouverte. Ce retour désagréable ne prend jamais plus de dix minutes. Mais la dernière fois, Cayenne était tellement contrariée qu'on l'envoie à la Sentine à la place de Cacatois, qui avait éternué de la soupe aux pois sur la robe de Damoiselle Frégate, qu'elle avait décidé de se cacher dans le renfoncement qu'elle avait remarqué à l'aller. Au bout d'une demi-heure, ne la voyant pas sortir, Mal-Lunée avait commencé à s'inquiéter. Et elle était retournée la chercher. À l'instant où elle était apparue devant le recoin où Cayenne était blottie, la Coquine avait dit : « Je suis là », tout doucement, mais cela avait suffi à épouvanter Mal-Lunée, qui avait refusé de lui adresser la parole une semaine entière.

Ça y est ! Le dernier marin vient de passer devant elle, sans détecter sa présence. Cayenne voudrait laisser une dizaine de secondes s'écouler avant de sortir de sa cachette et de filer au plus vite, en toute discrétion, vers la porte.

Un. Deux. Trois...

Mais ne pouvant tenir plus longtemps, la Coquine se donne une claque pour écraser l'araignée qui remonte le long de sa joue, puis elle dégrafe le haut de sa robe pour libérer l'autre qui s'est glissée sous le tissu. Et alors seulement, après avoir prêté l'oreille et s'être assurée que les marins s'enfoncent bien dans la grotte, Cayenne s'enfuit en courant...

– Il y a comme un courant d'air frais de ce côté-ci, déclare Philibert à Gobe-Mouches alors qu'ils ont atteint l'extrémité de la plage et qu'ils cherchent l'endroit précis où les marins ont disparu.

En écartant plusieurs branches, les deux jeunes tombent sur une porte ouverte. La porte de la Sentine.

– Ils ont dû s'engouffrer là, dit Gobe-Mouches, d'une voix hésitante.

Il fait noir à l'intérieur et un vent glacial s'échappe de l'embrasure.

Philibert vérifie qu'il porte bien la dague de Gonzalo à sa ceinture avant de s'avancer, mais à peine a-t-il franchi le seuil de la porte, qu'un bruit de pas résonne dans le passage. D'instinct, il recule et sort sa lame. Gobe-Mouches, elle, s'est réfugiée derrière un arbre.

Quand Cayenne surgit de la Sentine et se retrouve nez à nez avec son frère, elle ne le remet pas immédiatement. Éblouie par la lumière, elle voit d'abord le métal de la dague qui scintille au soleil, avant d'apercevoir la silhouette d'un jeune homme à contre-jour.

– Cayenne ? Cayenne, c'est toi ?

La Coquine n'en croit pas ses oreilles. Et même si elle ne distingue pas encore les traits de son frère, elle reconnaît sa voix et se précipite vers lui. Mais elle ne le laisse pas l'enlacer.

– Il faut fermer la porte. Vite ! Pour les empêcher de sortir !

– Tu étais seule avec eux ? s'écrie son frère.

– Oui, je t'expliquerai.

Déjà, Cayenne entend du mouvement dans le passage. Felipe a dû se rendre compte de la supercherie et faire demi-tour.

– Attends, Cayenne, il y en a un autre à enfermer !

Bâbord est à bout de souffle. Prenant de l'avance sur ses camarades, il s'est dépêché de retourner à la Sentine, inquiet du sort de son amie.

– Il est trop tard, lui répond Cayenne. Il faut fermer la porte, tout de suite, ils arrivent !

En effet, le bruit des pas s'intensifie dans le passage. Et ils ne seront pas assez nombreux pour repousser ces marins, furieux d'avoir été trompés.

– Nous voilà ! disent en chœur Morbleue et Fantine, tenant chacune un bras de Germain.

Ce dernier, les mains liées, mais les genoux libérés, se laisse escorter par les deux Coquines, sans résister, conscient de la présence des trois adultes derrière lui, mais surtout parce que Flibuste lui enfonce dans le dos la pointe du poignard de Fantine, chaque fois que Germain ralentit sa marche.

– Vite alors ! Vite ! crie Cayenne qui aperçoit Felipe dans le passage.

Flibuste vise aussitôt la fesse gauche de Germain qui, de lui-même, accélère l'allure. Mais au lieu de se diriger vers la Sentine, il bifurque sur la droite et se retrouve nez à nez avec Philibert qui, l'empoignant par le cou, le pousse violemment à l'intérieur de la grotte. Ce dernier bascule en arrière sur Felipe qui venait de surgir.

Gobe-Mouches bondit aux côtés de Cayenne pour l'aider à maintenir la porte bloquée sur laquelle se cognent les deux marins qui se mettent à hurler.

– La clé ! s'exclame Gobe-Mouches. Où est la clé ?

– Elle est dans mon trousseau, répond Mal-Lunée qui les a rejoints.

Déjà debout, Felipe abaisse la poignée tandis que Germain se jette sur la porte qui s'ouvre de quelques centimètres, avant de se refermer aussitôt sous la pression commune de Philibert, Gobe-Mouches et Cayenne. Bâbord et Flibuste se dépêchent de les assister.

– Nous ne résisterons pas longtemps, s'alarme Philibert. Il nous faut cette clé !

– Où est votre trousseau ? demande Morbleue à Mal-Lunée.

Fantine, elle, détaille Philibert des pieds à la tête. *Qu'il a charmante d'ailleurs*, se dit la Coquine.

– Au *Dépôt*, pendu à son crochet, comme d'habitude !

– Il est trop tard pour aller la chercher, réagit Tribord que personne n'avait vu arriver.

Le jumeau se joint aux autres et s'appuie de tout son poids contre la porte qui ne cesse de vibrer sous les coups de Felipe, Germain et d'une poignée de marins.

– Regardez ! explose de joie Cayenne en pointant du doigt l'horizon. Nos parents sont là. Ils approchent. Il faut tenir jusqu'à leur débarquement.

Damoiselle Frégate, visiblement soulagée, offre son plus beau sourire à Vieux-Boucan qui hausse les épaules, surpris et ravi, lui aussi, par cette arrivée inattendue et bienheureuse du *Régal*, le navire de La Viscère, qui a été

choisi pour faire le trajet entre le Comptoir de la Fesse Plate et l'île sans nom.

– On ne tiendra pas jusque-là ! annonce Philibert.

– Je peux peut-être vous aider…

Tous lèvent la tête et découvrent Cacatois posé sur la branche d'un arbre. Aux griffes de l'une de ses pattes pend un trousseau de clés qu'il est allé chercher.

– Vite, Cacatois, vite, donne la clé ! s'excite Flibuste.

– C'est bien mon intention, en effet, mais avant je souhaiterais entendre vos excuses l'un après l'autre pour m'avoir mal parlé toute la journée.

– Nous n'avons pas le temps, Cacatois, réplique Damoiselle Frégate. Lâche la clé et viens plutôt te poser sur mon épaule.

Après tout, vu l'état de ma robe, qu'importe une tâche en plus, se dit la préceptrice.

L'oiseau est tenté, mais il tient à profiter de la situation.

– Et je veux des excuses sincè…

Cacatois n'a pas l'occasion d'achever sa phrase. Morbleue, qui avait ramassé une pomme de pin, a visé la branche à côté de lui pour le faire sursauter.

Le souffle coupé, le satané perroquet lève la patte et libère le trousseau.

– Je t'avais bien dit que je t'aurais un jour, « oiseau de malheur » ! le taquine Morbleue.

La Coquine lui adresse un clin d'œil alors que Fantine récupère le trousseau de clés qu'elle donne à Cayenne, qui le tend à son frère.

– Et merci de nous sauver la vie ! ajoute Morbleue, sincère.

Épilogue

La table est joliment dressée (merci Tribord !). Les mets sont délicieux. Et l'ambiance survoltée au dîner. Les pirates, qui ne savent rien de ce qui s'est déroulé aujourd'hui sur l'île sans nom, se jettent des coups d'œil intrigués.

Qu'est-ce qui peut bien expliquer ce débordement d'enthousiasme des Coquins ?

Ces derniers ont interdit à Damoiselle Frégate, Vieux-Boucan, Mal-Lunée et Mal-Embouché de parler avant eux de l'arrivée de *l'Invincible*, ce matin. Comme les pirates ont accosté par le chenal secret, ils n'ont rien vu des restes du naufrage, échoués sur la plage de la Crique du Pendu. Et La Viscère était tellement heureuse de retrouver son fils vivant qu'elle l'a cru quand il lui a déclaré avoir débarqué sur l'île quelques jours plus tôt, en compagnie de son amie Gobe-Mouches et de Coquet.

Car c'est aux Coquins, et à eux seuls, de raconter comment ils ont neutralisé l'envahisseur !

– Et mon père, alors, il est où ? demande Morbleue, qui ne peut supporter plus longtemps de ne pas avoir de ses nouvelles.

– Ne t'inquiète pas, répond Furoncle. On devrait en savoir plus dans les jours à venir.

Il est difficile pour les pirates d'informer Morbleue qu'après avoir envoyé le deuxième pigeon pour leur annoncer qu'ils attendaient son père qui avait du retard, Josigno, son fidèle lieutenant, était venu les trouver pour leur révéler que Bouffeur d'Oreilles était retenu prisonnier au Japon. Les pirates avaient décidé de dépêcher l'un des leurs au pays du Soleil-Levant, tout en prenant la route de l'île sans nom. Il leur faudra des semaines pour découvrir ce qu'il lui est arrivé.

Déçue ne pas en apprendre plus, Morbleue soupire et engloutit le dernier morceau de sa deuxième part de tarte au citron. Il est temps pour les Coquins de quitter la table. Leurs parents terminent toujours le repas des retrouvailles entre adultes autour d'un verre d'armagnac.

– Au fait, vous trouverez à une centaine de pieds de la Crique une épave de caravelle, annonce Flibuste en se levant.

– Quoi ?! répond La Torgnole, sa mère.

– Si vous pouviez la renflouer et la remorquer dans un endroit isolé, poursuit Morbleue, en se levant à son tour.

– Nous comptons en faire notre Quartier Général, précise Cayenne, debout, elle aussi.

– Un Quartier Général interdit d'accès aux adultes, ajoutent ensemble Bâbord et Tribord.

– Dont nous choisirons nous-mêmes la décoration, les informe Fantine, qui d'ordinaire ne se mêle jamais aux activités de ses camarades. Peut-être que la présence de Philibert y est pour quelque chose ?

– Merci ! concluent les Coquins tous en chœur avant de quitter la pièce, en compagnie de Gobe-Mouches et de Coquet, sous le regard effaré de leurs parents.

Et au moment de franchir la porte, Cacatois ajoute :

– Au fait, vous trouverez tous les membres de l'équipage de cette caravelle enfermés à la Sentine. Et leur capitaine, solidement saucissonné, dans le canot. Frégate vous racontera. Bonne nuit !

GILLES ABIER

Auteur d'une trentaine de romans jeunesse, Gilles Abier a deux passions : le théâtre et l'écriture.

MINI LUDVIN

Mini Ludvin est illustratrice de bandes dessinées. D'une touche d'aquarelle, elle donne vie à des univers pleins de fantaisie et d'humour.

DÉCOUVREZ AUSSI LE RESTE DE LA COLLECTION !

ORAGE
PETIT SEIGNEUR DES TÉNÈBRES

par Julien Hervieux

Illustré par
Carine-M

Orage est un petit seigneur des ténèbres au destin tout tracé. Quand il sera grand, il devra enlever une princesse et perdre le combat contre le chevalier qui viendra la sauver. En attendant, il doit apprendre à devenir un vrai méchant mais les leçons l'ennuient... Son idée ? Capturer la princesse IMMÉDIATEMENT pour enfin être libre de faire ce qui lui plaît !

#attentioncata #laprincessenestpasprête #cestpascommeçaquonfait

TEAM AVENTURE :
UNE SÉRIE D'AVENTURES
PALPITANTES, ÉCOLOGIQUES
ET INITIATIQUES.

TOME 1

OPÉRATION GROENLAND

par Ismaël Khelifa

Illustré par
Joëlle Passeron

Fatou, Hugo, Vicky et Yanis étaient 4 ados (presque) normaux, quand ils sont choisis par la Fondation pour la Terre pour une mission écologique en Arctique. Les voilà catapultés au bout du monde, et promus reporters auprès de leurs classes. Le pire est à prévoir...

#compterlesmanchotsçachangedesmoutons

OPÉRATION MANCHOTS

par Ismaël Khelifa

Illustré par
Joëlle Passeron

La Team Aventure arrive sur un nouveau territoire inconnu : les Malouines ! Fatou, Rémi, Vicky et Yanis y rencontrent Marilou, fermière et scientifique, qui s'occupe des manchots et des albatros. Leur mission : compter les oiseaux. Mais un incendie se déclare sur l'île voisine, mettant la faune de l'archipel en grand danger…

#compterlesmanchotsçachangedesmoutons

COLLECTIONNEZ LA TRILOGIE !

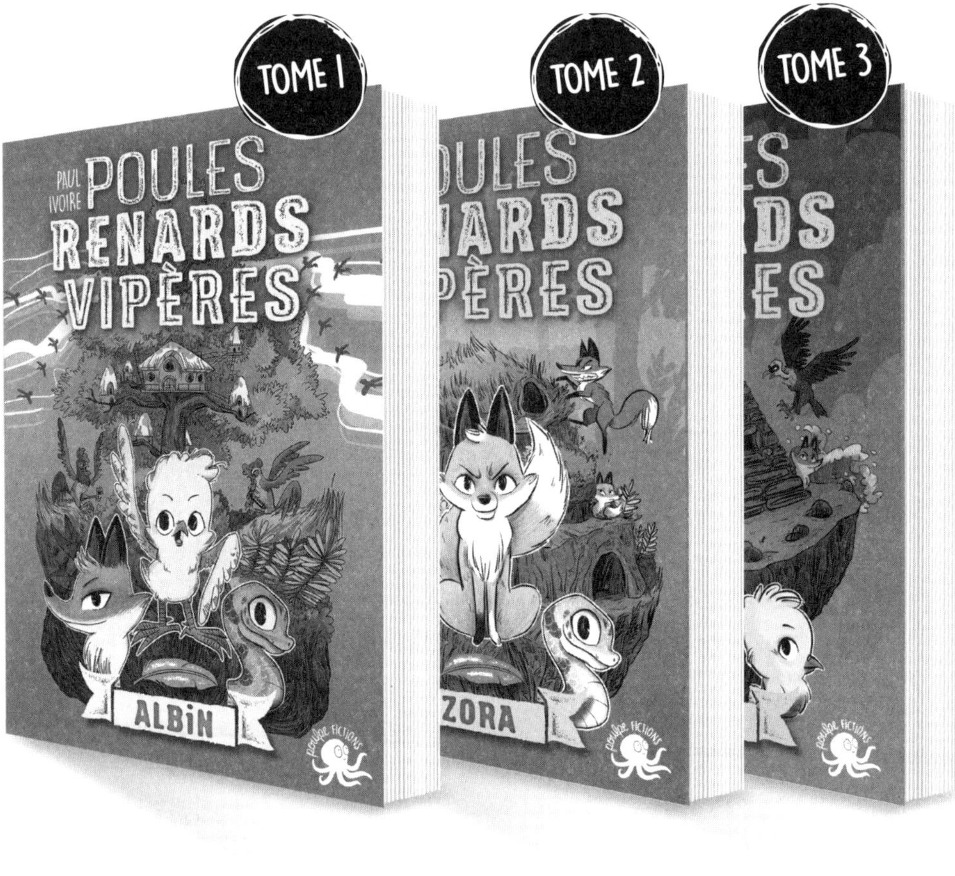

POULES, RENARDS, VIPÈRES : UNE TRILOGIE D'AVENTURES ÉPIQUES À HAUTEUR D'ANIMAUX

par Paul Ivoire

Illustré par Miss Paty

Sur une île lointaine habitent trois peuples ennemis, les poules, les renards et les vipères, chacun dans leur territoire. À la fois proies et prédateurs les uns des autres, ils vivent dans une paix fragile grâce au Pacte d'Aileforte. Mais lorsque la guerre menace, un poussin nommé Albin se retrouve malgré lui mêlé au conflit. Et c'est aux côtés de Zora, la renarde et Célis, le vipéreau, qu'il devra lutter pour rétablir la paix de l'île.

#aventure #guerredeclans

ALLÔ, SORCIÈRES : UNE SÉRIE ÉNERGIQUE ET CONNECTÉE, AUTOUR D'UNE BANDE DE FILLES QUI DÉCOIFFENT.

VISER LA LUNE

par Anne-Fleur Multon

Illustré par Diglee

De la rencontre d'Aliénor, Itaï, Azza et Maria sont nées une amitié à toute épreuve et une chaîne YouTube, qui va permettre à chacune d'exprimer ses talents et de se dépasser !

#girlpower #ducôtéfilledelaforce #humour

TOME 2

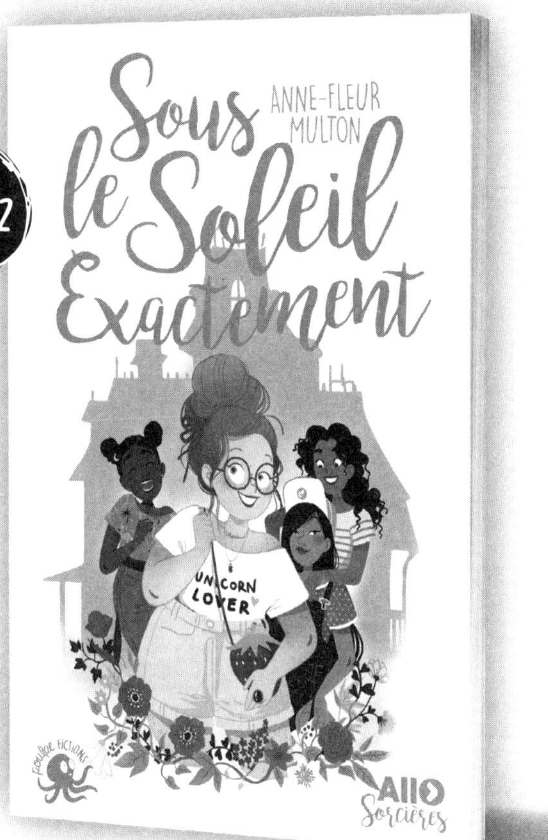

SOUS LE SOLEIL EXACTEMENT

par Anne-Fleur Multon

Illustré par Diglee

Aliénor, Itaï, Azza et Maria sont de retour en France, près de Lyon, pour y passer un été toutes ensemble. Elles y sont invitées par le grand-père d'Aliénor, qui habite dans un manoir aussi mystérieux qu'inquiétant... Quand les filles y découvrent le portrait fascinant d'une princesse indienne, leur enquête commence !

#pasfroidauxyeux #vlog #toutespourMaria

LEONARDO

par Cécile Alix

Illustré par
Leslie Plée

LA VIE GÉNIALE (ET SUPER DRÔLE) DU GRAND LÉONARD DE VINCI !

Salut, moi, c'est Mélissa ! J'ai 12 ans et je suis fan de Leonardo da Vinci. Bizarre ? Pas du tout, parce que Leo, c'est une star ! Tu penses que c'est un vieux barbu qui a dessiné des Joconde toute sa vie ?

FAUX !

J'ai décidé de te raconter son histoire en répondant aux questions importantes :

– Leo était-il à l'école des surdoués ?
– A-t-il inventé l'avion ? La dissection ?
– A-t-il toujours porté la barbe ?

Grâce à moi, tu sauras tout de sa vie de folie !

#inspiration #humour #romanetBD

KID NORMAL

par Greg James
et Chris Smith

Illustré par
Erica Salcedo

PAS BESOIN DE SUPERPOUVOIRS POUR ÊTRE UN HÉROS !

Murph Cooper a un problème.
Sa nouvelle école est top secrète et méga bizarre.
Ses camarades peuvent tous voler, ou contrôler la météo, ou même faire apparaître des petits chevaux.
Et Murph, quel est son pouvoir ?
Ah, euh, oui, c'est vrai, IL N'EN A PAS.
Heureusement qu'on ne signale pas dans les environs d'immondes super-méchants, l'esprit fourmillant de projets maléfiques.
Quoi ? Si ? Bon, ben, dans ce cas…
C'est le moment pour Kid Normal de devenir un héros !

#humour #sanspouvoircestbienaussi #monécoleestbizarre

ORPHÉA FABULA ET LES COULISSES DE VERSAILLES

par Marie Alhinho

Illustré par Miss Paty

La nouvelle mission d'Orphéa l'envoie à Versailles sous le règne de Louis XIV. Hébergée par un artisan tapissier et sa fille Anselmine, elle pénètre au palais quelques jours avant la représentation du *Malade Imaginaire* de Molière. C'est l'effervescence au château avant ce grand spectacle, alors même qu'un mal inconnu touche peu à peu toute la cour. La rumeur dit que deux pierres noires magiques seraient seules capables de guérir ce trouble. Orphéa devra dénicher ces cristaux avant tout le monde et rétablir la vérité !

#orphéasuperespionne #coucouMolière #backtoXVIIèmesiècle